D1324571

Le Dernier Jour
d'un condamné

HUGO

Le Dernier Jour d'un condamné

PRÉSENTATION
NOTES
DOSSIER
CHRONOLOGIE
BIBLIOGRAPHIE

par Marieke Stein

GF Flammarion

© Éditions Flammarion, Paris, 2007
ISBN : 978-2-0812-0074-6

« Qu'on ne s'y trompe pas, cette question de la peine de mort mûrit tous les jours, écrivait Victor Hugo en 1832 dans la préface du *Dernier Jour d'un condamné*. Avant peu, la société entière la résoudra comme nous. » Seize ans plus tard, il réaffirmait à la tribune de l'Assemblée constituante sa confiance en l'abolition prochaine de la peine capitale : « Le dix-huitième siècle, c'est là une partie de sa gloire, a aboli la torture ; le dix-neuvième siècle abolira la peine de mort [1]. » Pourtant, l'espoir de Hugo ne sera pas accompli de sitôt : il faudra attendre la fin du XXe siècle pour voir la peine de mort supprimée en France. Mais le XIXe siècle a bien fait avancer la question, en partie grâce à cet écrivain qui, sa vie durant, prit la plume ou la parole pour dénoncer le « crime légal » et les barbaries qui l'accompagnent – torture, déportation, galères. C'est que les sujets d'indignation ne manquent pas alors, tant la pénalité est dure : la guillotine, qui a remplacé la potence, est perçue comme un progrès humanitariste, car elle est censée entraîner une mort immédiate – ce qui, en réalité, n'est pas toujours le cas ; on enferme les maraudeurs ; on marque au fer rouge les voleuses ; on coupe le poing aux parricides et aux sacrilèges avant de leur couper la tête…

Ces aberrations légales fournissent de la matière à Victor Hugo, qui n'aura de cesse de les dénoncer. De *Claude Gueux* aux *Misérables*, de *Marion Delorme* à *L'homme qui rit*, il attaquera les peines irréparables, ou tout simplement inhumaines. Son refus de la peine de mort, il le clame ainsi à la tribune de l'Assemblée, où il demande en 1848 l'extension à tous les crimes de l'abolition de la

1. « La peine de mort » (15 septembre 1848), *Actes et paroles I – Avant l'exil*, dans *Œuvres complètes, Politique*, dir. Jacques Seebacher et Guy Rosa, Robert Laffont, « Bouquins », 1985 (rééd. 2002), p. 180-181. On trouvera un extrait de ce texte dans notre Dossier, p. 159.

peine capitale, obtenue au lendemain de la révolution de février pour les crimes politiques ; il le proclame trois ans plus tard à une autre tribune, celle de la cour d'assises de la Seine, où il vient défendre en 1851 son fils Charles, jugé pour avoir « manqué de respect à la loi » en dénonçant la peine de mort dans un article de *L'Événement*. La défense de Hugo est magistrale : « le vrai coupable, j'y insiste, c'est moi, moi qui, depuis vingt-cinq ans, ai combattu sous toutes les formes les pénalités irréparables ! [...] Ce crime, défendre l'inviolabilité de la vie humaine, je l'ai commis bien avant mon fils, bien plus que mon fils ! Je me dénonce, monsieur l'avocat général ! Je l'ai commis avec toutes les circonstances aggravantes, avec préméditation, avec ténacité, avec récidive [1] ! » Charles ne risquait pas la peine de mort, mais écopa de six mois d'emprisonnement. Quant à son père, il récidiva souvent, en prenant la défense de nombreux condamnés à mort : Tapner, un meurtrier, condamné et exécuté à Guernesey en 1864 ; John Brown, héros de la lutte contre l'esclavage, exécuté en 1860 en Amérique ; et Barbès, et le soldat Blanc, et les révoltés irlandais, dont certains doivent en partie à l'écrivain d'avoir sauvé leur tête...

À travers tous ces plaidoyers – dont beaucoup sont réunis dans *Actes et paroles*, recueil des textes d'intervention de Victor Hugo –, la lutte se décline sous les aspects les plus divers, Hugo cumulant arguments philosophiques, pratiques, moraux, et faisant appel à l'indignation, à l'émotion, à l'horreur. Souvent, il décrit de manière saisissante telle exécution qui s'est mal passée (mais pouvait-il en être autrement ?), comme celle de Tapner, pendu, qui s'agrippait à sa corde, si bien que ses bourreaux durent s'y reprendre à trois fois... Chacun de ces textes est utile, chacun porte un coup à la barbarie légale. Mais, dans cette abondante production, *Le Dernier Jour d'un condamné* est une œuvre à part, neuve et éminemment moderne. Par son propos, d'abord : se mettre – et mettre le lecteur – dans le corps et la tête d'un homme qui va mourir, et chercher à

---

1. « Pour Charles Hugo » (11 juin 1851), *Actes et paroles I – Avant l'exil*, dans *Œuvres complètes, Politique, op. cit.*, p. 309-316. Voir aussi notre Dossier, p. 161.

deviner, à ressentir, à vivre ses derniers moments ; faire parler cet homme, criminel dont on ne sait rien, pas même (ou surtout pas) le crime, et qui partage avec tous les hommes la condition mortelle, à cette monstrueuse différence près qu'il connaît, lui, l'heure de sa mort ; lui faire écrire ses peurs, ses sensations, ses visions, sans qu'elles soient adressées à aucun destinataire. Car la condamnation à mort ajoute aux tortures de l'angoisse l'horreur de la solitude, en faisant du condamné un mort-vivant séparé, déjà, du monde des hommes.

Cette idée, Hugo l'a trouvée sur la place de Grève. Lorsqu'il passait à proximité et entendait l'annonce d'une exécution prochaine, il trouvait insupportable la seule idée du martyre qui y aurait lieu. « Chaque fois, raconte-t-il dans la préface de 1832, la douloureuse idée s'emparait de [l'auteur], lui expliquait heure par heure les dernières souffrances du misérable agonisant […], le sommait, lui pauvre poète, de dire tout cela à la société. » Quoi de plus sincère et de plus humain que cette projection fantasmée dans la pensée et le ressenti de cet *autre* anonyme, dont la nouvelle condition de victime efface le passé de criminel, cet inconnu dont on ne sait qu'une chose, et pour qui une seule chose compte : dans quelques heures il va mourir, et il le sait ?

ROMAN D'ANALYSE ET DRAME INTÉRIEUR

Cette démarche, pourtant, ne fut pas universellement comprise, et l'œuvre n'échappa pas aux critiques. Ce n'est pas un roman, rechignait l'éditeur ; c'est une œuvre « atroce », écrivait Jules Janin dans *Le Globe* ; quant à Désiré Nisard, il dénonça de « gratuites horreurs [1] ». Dans *Une comédie à propos d'une tragédie*, saynète satirique placée en tête de la deuxième édition du *Dernier Jour d'un*

1. Selon une hypothèse de Jean Malavié, l'article du *Journal des Débats* du 26 février 1829 n'a pas été écrit par Nodier, comme on l'a cru longtemps, mais probablement par Nisard (« À propos du *Dernier Jour d'un condamné* : Nodier ou Nisard, critique de Victor Hugo », *Revue d'histoire littéraire de la France*, mai-juin 1983, p. 446-450). Les articles de Nisard et de Jules Janin figurent dans notre Dossier, p. 152-158.

condamné, Hugo parodie ces critiques. « Mon Dieu ! l'horrible idée ! » s'exclame un « gros monsieur » (gros comme Jules Janin ?). « Développer, creuser, analyser, l'une après l'autre et sans en passer une seule, toutes les souffrances physiques, toutes les tortures morales que doit éprouver un homme condamné à mort, le jour de l'exécution ! Cela n'est-il pas atroce ? »

L'atrocité était pourtant dans les faits bien plus que dans le texte : en 1825, on exécuta cent quatorze personnes, un peu moins les années suivantes, et la publicité des exécutions ajoutait encore à leur horreur. Mais le livre, que lui reprochait-t-on ? D'abord, sa forme, bien plus que son sujet. Gosselin, l'éditeur, craignait qu'il se vendît mal, car ce n'était pas un roman, et il conseilla à Victor Hugo d'écrire « l'histoire du condamné », manquante mais annoncée au chapitre XLVII, pour éviter la frustration supposée du lecteur, amateur de faits divers et d'histoires criminelles. Hugo le remit vertement à sa place. *Le Dernier Jour d'un condamné*, écrivit-il à Gosselin, « n'est pas un roman historique, vous avez raison. Je n'ai point voulu faire de roman historique. [...] Mais il y a plusieurs sortes de romans, et l'on pourrait souvent, à mon avis, les classer en deux grandes divisions : romans de faits et romans d'analyse, drames extérieurs et drames intérieurs. *René* ou *Ricca*, *Édouard*, sont de ce dernier genre ; c'est un fait simple et nu avec des développements de pensée. Je ne sache pas que ces livres aient eu moins de succès que d'autres [1]. » Admettons, à la rigueur, que *Le Dernier Jour d'un condamné* soit un roman d'analyse et qu'il ait des précédents dans les romans de Chateaubriand ou de la duchesse de Duras : il n'en est pas moins résolument novateur par sa forme.

Il s'agit, d'abord, de l'un des premiers monologues intérieurs de la littérature, par lequel Hugo donne une voix à celui qui en est privé. La condamnation, comme le dit le condamné, « est comme une clôture entre le monde et moi », et, à ce titre, elle entraîne un recentrement obligé de la conscience sur le « je », qui devient comme une prison

---

1. Lettre de Victor Hugo à Gosselin, le 3 janvier 1829. Voir le Dossier, p. 151.

intérieure. Ce « je » obsédant, qui envahit tout l'espace du texte, ne s'adresse à aucun « tu » – sinon, une fois, par un pur artifice rhétorique, à la petite fille, absente, mais invoquée dans le chapitre XXVI par une prosopopée, cette figure qui, créant un simulacre de présence, signale surtout l'absence : « Pauvre petite ! Ton père qui t'aimait tant, ton père qui baisait ton petit cou blanc et parfumé… » Ce « je » incertain, qui oscille sans cesse entre expression et réflexion, entre terreur, phobie de la décapitation et vain espoir d'une grâce, ce « je » à l'expression si sèche, si neutre et impersonnelle – malgré quelques îlots de lyrisme –, marque la naissance du monologue intérieur, bien distinct de l'écriture épistolaire qui, elle, est toujours adressée. *Le Dernier Jour d'un condamné* est donc avant tout un drame de la parole : la solitude du condamné, retranché du monde des vivants, entraîne une parole intime et isolée, fragmentaire et sans destination. Cette étrangeté de l'énonciation est posée dès le chapitre VI. Aussitôt après avoir émis le vœu d'écrire « une leçon pour ceux qui condamnent », cette destination et cet objectif du texte sont abandonnés : « À quoi bon ? qu'importe ? Quand ma tête aura été coupée, qu'est-ce que cela me fait qu'on en coupe d'autres ? Est-ce que j'ai vraiment pu penser ces folies ? » Dès lors, la parole est réduite au solipsisme, et le condamné ne peut plus parler qu'à lui-même : « Pourquoi n'essaierais-je pas de me dire à moi-même tout ce que j'éprouve de violent et d'inconnu dans la situation abandonnée où me voilà ? » (VI). Le texte suivra désormais le déroulement chaotique et immaîtrisé de la conscience, avec ses moments de panique, ses brefs espoirs et ses quelques souvenirs. Pour le reste, il rendra compte de ce que le condamné subit : petits événements de la journée carcérale, attentes, rêves. Le fractionnement de l'œuvre en quarante-neuf chapitres, isolés par des ellipses temporelles et logiques, font ressortir les blancs, régner le silence, et résonner dans toutes les pages la déstructuration de la conscience.

Drame de la parole, drame de la communication aussi : mort en sursis, le condamné ne peut plus échanger avec les hommes. Les thématiques de la parole malade et de la communication impossible sont présentes du début à la fin. D'abord – et c'est là une innovation majeure – par la présence de l'argot, langage malade, symptôme d'une classe sociale souffrante, et seule parole qui surnage, à la fin du texte, avec la mystérieuse chanson en fac-similé qui clôt le roman. Ensuite, par la rupture linguistique entre le condamné et les « vivants ». À l'annonce du verdict, un seul mot, un cri inutile, avait jailli de sa bouche : « Non ! » (II) ; et désormais toutes ses tentatives pour établir une communication seront des échecs. Échec face aux geôliers, à qui il parle en latin (V) ou à qui il s'adresse ironiquement ; échec face au prêtre, dont la rhétorique prête à l'emploi et trop usée nie le condamné en tant qu'interlocuteur, et glisse sur lui « comme cette pluie froide sur cette vitre glacée » (XXX) ; échec, surtout, face à sa petite fille, qui ne reconnaît pas son père, et dont la franchise infantile le condamne une nouvelle fois, et l'exécute :

« – Marie, ai-je repris, as-tu un papa ?
Oui, monsieur, a dit l'enfant.
– Eh bien, où est-il ?
Elle a levé de grands yeux étonnés.
– Ah ! vous ne savez donc pas ? Il est mort (XLIII).

La condamnation à mort soustrait l'homme à la société, l'oppose à tous, le retire presque déjà du monde des vivants. De là un flottement du condamné entre deux univers, une ambiguïté permanente entre la réalité et les rêves. Parfois, c'est la réalité qui semble une fantasmagorie, comme la salle d'audience au moment du verdict, pleine des haillons ensanglantés des juges et des têtes de la foule qui fourmillent dans l'ombre (II), ou comme l'infernal sabbat des forçats (XIII). Plus loin, c'est le cauchemar qui prend une troublante consistance, tel le songe du chapitre XLII ; ailleurs enfin, rêves endormis et rêves éveillés se relaient, tissant un inquiétant entre-deux : « Je me sentais emporté avec stupeur, comme un homme tombé en léthargie qui ne peut ni remuer ni crier et qui entend qu'on l'enterre », écrit le condamné en racontant son transfert de Bicêtre à la Conciergerie (XXII). Et à tout moment, il est saisi par les images obsédantes de la décapitation : « hommes étranges

qui portaient leur tête par les cheveux » au chapitre X
« têtes roulantes » au chapitre XLI : la condamnation à l
guillotine entraîne ce cauchemar permanent de la perte
capitale.

Roman inhabituel, donc, qui mêle le réalisme descriptif
– le texte constitue un documentaire exact sur les procédures pénale et pénitentiaire – et la fantasmagorie romantique. Roman novateur, aussi, du fait qu'il se passe de
« personnage » au sens traditionnel du terme. Le condamné,
d'abord, n'a pas de nom. Ses geôliers l'appellent « monsieur », « criminel », ou même, absurdement, « mon criminel ». Le curé l'appelle « mon fils ». Des formules toutes
faites… Les forçats et le « friauche » – mot qui désigne en
argot le condamné à mort – l'interpellent par « camarade », terme qui génère un malaise et sonne lui-même
comme une condamnation. Toute identité est effacée, dès
les premiers mots du texte, par une seule caractérisation,
« Condamné à mort ! » (I), qui prive l'homme de son
statut d'homme et l'assimile à une chose, passive, impuis-
sante. On ne sait rien non plus de sa vie (sinon, par
quelques indices, qu'il n'est ni pauvre ni inculte) ; surtout,
nous l'avons dit, on ignore tout de son crime, sauf qu'il a
tué. Hugo, en effet, craignait, s'il traitait un cas particulier,
de ne pouvoir lutter contre la peine de mort en général. Ce
que veut faire l'écrivain, selon la préface de 1832, « ce
n'est pas la défense spéciale, et toujours facile, et toujours
transitoire, de tel ou tel criminel choisi, de tel ou tel accusé
d'élection ; c'est la plaidoirie générale et permanente pour
tous les accusés présents et à venir ». Voilà pourquoi ce
condamné n'a pas l'épaisseur d'un personnage, et surtout
pas l'étoffe d'un héros : il est amer, et lâche. Hugo refuse
ici le stéréotype du condamné affrontant la mort tête
haute. Contrairement au Gauvain de *Quatrevingt-Treize*,
par exemple, le condamné grelotte de peur, transpire,
s'évanouit et, au moment fatal, demande sa grâce « en joignant les deux mains et en [se] traînant sur les deux
genoux », ou encore en menaçant pitoyablement ses
gardiens : « une minute pour attendre ma grâce ! ou je me
défends ! je mords ! » (XLIX).

Le Dernier Jour d'un condamné est original aussi par
son refus de toute intellectualisation et de toute discussion

de la peine de mort, dont l'horreur est montrée à travers des perceptions, des sensations. Lorsque l'on trouve dans le récit des échos aux débats contemporains sur la peine capitale, les idées de ses partisans sont toujours discrètement réfutées par la fiction plus que par l'argumentation. Par exemple, au chapitre III, lorsque le condamné médite sur sa peine, une réaction viscérale (« Ah ! n'importe ! c'est horrible ! ») vient réduire à néant toute considération rationnelle sur le sujet. Partout, l'accumulation des souffrances morales montre, contre l'argument des partisans de la peine de mort, que la guillotine n'est pas indolore. De même, c'est à travers la complainte mentalement adressée à sa petite fille que le condamné présente la peine de mort comme un châtiment infligé aux proches du condamné : « Comment te déshabitueras-tu, malheureuse orpheline, de boire et de manger ? » (XXVI). Le texte se refuse donc à aborder la question de la peine de mort comme une idée abstraite, et à en débattre ; il la traite comme une réalité tangible, « cette horrible réalité qu'on appelle la guillotine » (XI).

Une autre particularité du *Dernier Jour d'un condamné* est son style, dépourvu de toute emphase, sobre et neutre, procédant essentiellement par notations descriptives et associations d'idées. Cette froideur du style est revendiquée dès les premières pages, lorsque le narrateur-scripteur présente son texte comme un « procès-verbal de la pensée agonisante » et une « espèce d'autopsie intellectuelle d'un condamné ». Toute émotion semble refusée. La composition même du livre propose une écriture fragmentaire, avec ses chapitres nombreux, dont certains sont très courts, voire vidés de leur substance, par exemple le chapitre XLVII, le seul qui ait un titre (« Mon histoire »), mais où, justement, cette histoire manque. Cette composition entraîne l'envahissement du texte par les blancs, donc par le silence, sorte d'avant-goût de la mort, inscrite dès lors dans toute l'œuvre. L'espace, très réduit jusqu'à l'ouverture finale sur la place de Grève, et la temporalité particulière de ce récit, enfermée entre un passé révolu et une mort imminente, contribuent à faire de la mort le seul horizon. Il ressort donc de cette composition une impression de fragilité extrême de la parole du condamné, déjà minée par la mort. Mort – il faut bien le dire, car c'est là aussi une originalité du texte – à laquelle aucune perspective philosophique ou métaphysique ne donne sens ; mort inutile, qui ne permet pas même le repentir et qui ne tourne pas vers Dieu l'esprit du condamné, obsédé par la seule perspective de sa décapitation. La mort, dans *Le Dernier jour d'un condamné*, est un pur scandale, inadmissible et absurde : « Oh ! est-il bien vrai que je vais mourir avant la fin du jour ? Est-il bien vrai que c'est moi ? » (XXVI).

VICTOR HUGO À LA TORTURE

La forme avait donc de quoi surprendre, comme le traitement du sujet. D'où des incompréhensions, et d'où l'article de Désiré Nisard donnant les recettes à appliquer pour être « vrai » et éviter des scènes qui ne soient que « des occasions de talent », un livre qui ne soit qu'« un morceau littéraire [1] ». Reprocher à Victor Hugo de ne pas être « vrai » dans *Le Dernier Jour d'un condamné*, ou l'accuser de chercher à travers certains passages des « occasions de talent », c'était osé. Car nul écrivain plus que lui, sans doute, n'a à ce point ressenti et examiné, sous toutes ses faces, la question de la peine capitale. Au point qu'il a doté son personnage de plusieurs traits qui sont les siens : comme lui, le condamné a une petite fille âgée de quatre ans ; le souvenir du premier émoi amoureux du condamné, évoqué au chapitre XXXIII, mêle plusieurs souvenirs de jeunesse de Hugo, dont le jardin des Feuillantines, où il passa son enfance ; le rêve du chapitre XLII, même, semble avoir été un rêve récurrent de l'écrivain [2]. Si le condamné est si proche de son auteur, c'est parce qu'ils partagent une même obsession profonde. La fascination horrifiée de Victor Hugo pour les machines de mort – guillotine, gibet – remonte à son enfance, si l'on en croit le témoignage d'Adèle Hugo dans *Victor Hugo raconté par un témoin de sa vie*. Ce serait lors d'un voyage en Italie, avec sa mère et ses frères, lorsqu'il avait cinq ans, qu'il aurait découvert la peine de mort en voyant au bord d'une route des arbres

---

1. Voir la critique de Désiré Nisard dans le Dossier, p. 153.
2. Voir p. 128, note 1.

portant des restes de cadavres. Puis, en Espagne, en 1811, il fut marqué par la rencontre d'un convoi qui emportait un homme « hébété de terreur », au milieu de pénitents en cagoule, pour être « garrotté [1] ».

Sous la Restauration, la France était à peine moins barbare que l'Espagne. On exécutait alors un homme par semaine, et Hugo put croiser souvent de sinistres convois. Ainsi, en 1818, passant sur la place du Palais de justice, il vit une femme liée à un poteau, carcan au cou, et portant un écriteau : elle était coupable de vol domestique. Devant la foule, sur le coup de midi, elle fut marquée au fer rouge. « J'ai encore dans l'oreille, après plus de quarante ans, et j'aurai toujours dans l'âme l'épouvantable cri de la suppliciée », écrira Hugo en 1862 [2]. En 1820, il fut frappé par la rencontre du convoi de Louvel, le meurtrier du duc de Berry, croisé sur le Pont-au-Change. La même année, il se laissa entraîner par le jeune poète Jules Lefèvre, qui voulait écrire un poème sur la guillotine, à l'exécution de Pierre Louis Martin. Ce parricide devait se faire couper le poing avant d'être décapité. Hugo ne put soutenir jusqu'au bout ce spectacle. Il retint l'image de ce patient au regard hagard, grelottant sous la pluie, et peut-être doit-on à ce souvenir les passages du roman où forçats et condamnés tremblent sous l'averse (XII). Plus tard, il croisa la charrette d'un détrousseur de grands chemins, Delaporte, puis celle des voleurs italiens Malagutti et Ratta, en 1826. Mais l'horreur de la guillotine se révéla surtout à lui le jour de septembre 1827 où, passant sur la place de l'Hôtel de Ville, il assista à la « répétition générale » d'une exécution prochaine – probablement celle de Louis Ulbach, jeune homme condamné pour avoir tué sa compagne par désespoir amoureux. Hugo se rappellera longtemps, jusqu'à l'intégrer dans *Le Dernier Jour d'un condamné* (chapitre XXVIII), le geste du bourreau graissant les rainures. C'est à cette « répétition » qu'Adèle Hugo attribue la décision d'écrire le roman : « cet homme, qui s'apprêtait à en tuer un autre,

---

1. Adèle Hugo, *Victor Hugo raconté par un témoin de sa vie*, dans *Œuvres complètes*, dir. Jean Massin, Le Club français du livre, 1967, t. I, p. 926. Voir aussi le Dossier, p. 147.

2. « Genève et la peine de mort », *Actes et paroles II*, dans *Œuvres complètes, Politique, op. cit.*, p. 544.

qui faisait cela en plein jour, en public, en causant avec les curieux, pendant qu'un malheureux homme désespéré se débattait dans sa prison [...] fut pour M. Victor Hugo une figure hideuse, et la répétition de la chose lui parut aussi hideuse que la chose même. Il se mit le lendemain même à écrire *Le Dernier Jour d'un condamné*, et l'acheva en trois semaines [1] ». À une erreur près – Hugo ne se mit à écrire son texte qu'un an après, le 14 octobre 1828 –, Adèle dit vrai : d'après les travaux de Jacques Seebacher sur la genèse du livre, il le rédigea bien, pour l'essentiel, en trois semaines, du 5 au 25 décembre [2].

L'idée du *Dernier Jour d'un condamné* vient donc de la place de Grève, mais aussi d'un intérêt durable et profond de Victor Hugo pour toutes les questions pénales, qui l'incita à multiplier visites et lectures. Dès 1826, il visita la Conciergerie avec Rossini et David d'Angers, le statuaire. Le 24 octobre 1827, il assista au ferrement des forçats à Bicêtre, toujours avec David d'Angers ; les deux amis retournèrent le lendemain voir le départ de la chaîne. Ces deux visites expliquent la précision et l'intensité des chapitres XIII et XIV, ceux qui commencent par « J'ai vu, ces jours passés, une chose hideuse... » Même après *Le Dernier Jour d'un condamné*, l'intérêt de Hugo pour le système judiciaire et pénitentiaire ne cesse de s'affirmer : il se rend au bagne de Toulon en 1839, à la Conciergerie en 1846, à la Roquette en 1847. La même année, il écrit un « discours sur les prisons » que la révolution de février ne lui permet toutefois pas de prononcer.

Victor Hugo nourrit également sa réflexion de lectures. Il a probablement lu *La Gazette des tribunaux*, qui raconte par le menu les exécutions et leurs préparatifs. Il est possible qu'il ait pris dans quelques-uns de ces comptes rendus plusieurs détails du dernier jour de son condamné. Il a pu être influencé aussi par deux articles parus dans *La Revue britannique* et dans *Le Globe*. Le premier est le

1. Adèle Hugo, *Victor Hugo raconté par un témoin de sa vie*, dans *Œuvres complètes*, dir. Jean Massin, Le Club français du livre, 1967, t. III, p. 1320.
2. Jacques Seebacher, « Sur la datation du *Dernier Jour d'un condamné* de Victor Hugo », *Revue d'histoire littéraire de la France*, janvier-février 1982, p. 90-94.

journal d'Antoine Viterbi, publié de mars à juin 1826 dans *La Revue britannique* ; ce condamné corse y nota les impressions vécues dans l'attente de son exécution. Le second texte, publié le 3 janvier 1828, s'intitule *Dernières Sensations d'un condamné à mort*, et présente plusieurs similitudes avec le texte de Hugo – en particulier dans la description des perceptions, des symptômes physiques et des visions –, au point que *Le Globe* accusa plus tard Hugo de plagiat[1]. N'oublions pas non plus qu'en 1828 plusieurs textes paraissent sur le système pénal, et particulièrement *Du système pénitentiaire en Europe et aux États-Unis*, de Charles Lucas, dont *Le Journal des Débats* rendit compte le 14 octobre 1828… le jour même où Hugo commença son *Dernier Jour d'un condamné*.

Les sources de l'œuvre sont donc multiples, comme le furent les intentions de l'auteur. En effet, il faut se garder de ne lire *Le Dernier Jour d'un condamné* que comme un réquisitoire contre la peine de mort : cette intention semble n'avoir pas été première pour Hugo, et l'accumulation des préfaces montre la multiplicité et la richesse des significations de l'œuvre.

DE L'OBSESSION PERSONNELLE AU TEXTE DE COMBAT : CE QUE DISENT LES TROIS PRÉFACES

Le 3 février 1829, *Le Dernier Jour d'un condamné* paraît anonymement chez Gosselin et Bossange. Comme cela se pratiquait souvent à l'époque, les deux premières éditions (identiques) sont imprimées en même temps. Elles sont précédées d'une courte préface qui sera plus tard intégrée à la préface de 1832. Ces quelques lignes créent un doute sur le statut et l'origine du texte : s'agit-il d'un authentique journal de condamné, d'une « liasse de papiers jaunes et inégaux sur lesquels on a trouvé, enregistrées une à une, les dernières pensées d'un misérable », ou du texte d'un rêveur, poète ou philosophe, qui imagina les pensées probables d'un condamné à mort ? Au-delà

1. Voir l'excellente étude de Myriam Roman, « *Le Dernier Jour d'un condamné* » *de Victor Hugo*, Gallimard, « Foliothèque », 2000, p. 154.

d'une tradition préfacielle héritée du XVIIIe siècle, qui joue sur l'ambiguïté d'un texte présenté comme un « document authentique » – Laclos et Marivaux, parmi bien d'autres, avaient usé de ce subterfuge –, cette courte préface nous intéresse par le fait qu'elle présente l'écriture du *Dernier Jour d'un condamné* comme une nécessité pour son auteur, comme un besoin intime, impérieux : l'auteur y est envisagé comme un « rêveur [...] dont cette idée a été la fantaisie, qui l'a prise ou plutôt s'est laissé prendre par elle, et n'a pu s'en débarrasser qu'en la jetant dans un livre ». Comme si les échafauds entrevus, les agonies imaginées, les exécutions lues ou aperçues étaient à l'origine d'une horreur obsessionnelle, en même temps que d'un refus profondément intime de l'exécution, qui n'auraient abouti que dans un deuxième temps au rejet de la peine de mort, et que le texte aurait permis d'exorciser. D'autres textes, avant ou après *Le Dernier Jour d'un condamné*, témoignent d'ailleurs d'une même horreur profonde pour la guillotine et le bourreau, de *Han d'Islande* (1823) à *Quatrevingt-Treize* (1874). Et que dire du récit, au début des *Misérables*, de l'expérience fondatrice de monseigneur Myriel, évêque de Digne, qui accompagne un condamné sur l'échafaud : « Aussi l'impression fut-elle horrible et profonde ; le lendemain de l'exécution et beaucoup de jours encore après, l'évêque parut accablé. La sérénité presque violente du moment funèbre avait disparu : le fantôme de la justice sociale l'obsédait. [...] Il semblait qu'il se fît un reproche. Par moments, il se parlait à lui-même, et bégayait à demi-voix des monologues lugubres. En voici un que sa sœur entendit un soir et recueillit : – je ne croyais pas que cela fût si monstrueux. C'est un tort de s'absorber dans la loi divine au point de ne plus s'apercevoir de la loi humaine. La mort n'appartient qu'à Dieu. De quel droit les hommes touchent-ils à cette chose inconnue [1] ? » Ce passage de l'horreur à la prise de conscience, puis à la responsabilité, semble commun au personnage de l'évêque de Digne et à Victor Hugo. Pour les deux, le choc précède le raisonnement. Est-ce à dire que, lorsque Hugo écrivit *Le Dernier Jour d'un condamné*, son dessein n'était

---

1. *Les Misérables*, Première partie, I, 1, IV. Voir le Dossier, p. 169.

pas d'écrire un réquisitoire contre la peine de mort ? Cette intention semble avoir été bien là – mais secondaire –, si l'on en croit le post-scriptum d'une lettre que Hugo écrivit le 3 janvier 1829 à son éditeur Gosselin : « Il importe de mettre vite le *Condamné* sous presse, si vous voulez qu'il paraisse avant la Chambre, ce qui est de la plus haute importance. » Simple argument pour faire céder un éditeur récalcitrant ou réelle volonté d'influer sur le prochain débat qui devait s'ouvrir à la Chambre des députés ? Un peu des deux, sans doute. Toujours est-il qu'à l'origine *Le Dernier Jour d'un condamné* est bien « la transcription d'une obsession personnelle », selon l'expression de Myriam Roman[1].

Le 28 février 1829, lorsque paraissent les troisième et quatrième éditions du *Dernier Jour d'un condamné*, la dimension polémique du texte s'affirme. En effet, le récit du condamné est précédé d'une saynète satirique, *Une comédie à propos d'une tragédie*, qui transpose dans un salon ridicule la lutte entre classiques et romantiques. De médiocres prétentieux, présentés comme des « défenseurs de la saine littérature », y raillent les « imaginations en délire » des romantiques, et leurs productions. Cette « comédie » met ainsi en représentation les critiques que connurent les premiers tirages du *Dernier Jour d'un condamné*, et fait de l'œuvre une pièce de la bataille romantique qui allait culminer un an plus tard, presque jour pour jour, avec les premières représentations d'*Hernani*. Que *Le Dernier Jour d'un condamné* soit une œuvre romantique, c'est indéniable, ne serait-ce que du fait de l'abondance des rêves, des visions et des fantasmagories qui submergent le condamné. Mais ce texte liminaire précise aussi la visée combative du récit : « concourir à l'abolition de la peine de mort ». Surtout, la « comédie » participe elle-même à la dénonciation de la peine capitale. En effet, en abordant avec une légèreté et un détachement scandaleux la peine de mort – « tenez, messieurs, la guillotine, la Grève, c'est de mauvais goût » –, ou en énonçant de révoltantes contre-vérités sur la douceur de la monarchie, les membres de ce déplaisant salon suscitent la colère du lecteur contre les

---

1. Dans « *Le Dernier Jour d'un condamné* » de Victor Hugo, *op. cit.*, p. 13.

partisans de la peine de mort – ou contre ceux que le sujet indiffère. La révolte du lecteur culmine à la fin du texte, lorsqu'il apprend que le « gros monsieur » et le « monsieur maigre », qui osaient demander « La peine de mort ! à quoi bon s'occuper de cela ? », sont juge et procureur du roi. Le lecteur s'aperçoit alors qu'il assiste au revers du drame qui se joue chaque semaine à Bicêtre : face à la souffrance du condamné, Hugo nous donne en spectacle l'indifférence et l'irresponsabilité de ceux qui condamnent.

Le 31 mars 1832 paraît la cinquième édition du *Dernier Jour d'un condamné*, précédée d'*Une comédie à propos d'une tragédie* et d'une nouvelle préface. Ce long texte affirme nettement la dimension combative de l'œuvre, au risque de la réduire (!) à un réquisitoire contre la peine de mort : « *Le Dernier Jour d'un condamné* n'est autre chose qu'un plaidoyer, direct ou indirect, comme on voudra, pour l'abolition de la peine de mort. » C'est que depuis les premières éditions du livre, le contexte a bien changé : les événements politiques de 1830 ont remis la peine de mort sur le devant de la scène. Après la révolution de Juillet, quatre des principaux ministres du dernier gouvernement de Charles X, jugés responsables des ordonnances qui ont entraîné la révolution, sont mis en accusation par la Chambre des députés et jugés en décembre 1830 par la Chambre des pairs. Une partie du peuple et des républicains réclament pour eux la peine capitale. Afin d'éviter ce sort à leurs collègues, les députés engagent dès octobre 1830 un débat sur la peine de mort. L'abolition n'est pas votée, mais les quatre ministres ont la vie sauve. Or, alors que, pendant cette période critique, toutes les exécutions ont été suspendues, elles reprennent au bout de quelques mois. Voyant que le gouvernement a instrumentalisé le débat sur l'abolition pour sauver des notables, mais qu'il n'a que faire des criminels « ordinaires », Hugo reprend la plume. Sa réflexion s'approfondit et se structure à ce moment-là, dépassant l'obsession de la mise à mort pour s'enrichir d'études et d'observations de la pénalité. La lecture des dernières pages de *Claude Gueux*, contemporaines de la préface de 1832, montre que la réflexion de Hugo va désormais bien au-delà de l'échafaud, et qu'elle embrasse largement ce qu'on appelle à cette époque la « question sociale » ; l'histoire réelle de Claude, condamné à mort pour avoir tué le gardien-chef de la prison de Clairvaux, devient le support d'une vaste réflexion sur « le grand problème du peuple au XIXe siècle », et l'appel de Hugo est ferme, radical : « Démontez-moi cette vieille échelle boiteuse des crimes et des peines, et refaites-la. Refaites votre pénalité, refaites vos codes, refaites vos prisons, refaites vos juges[1]. »

Toutes ces questions étaient déjà posées, mais plus discrètement, dans le récit du condamné, qui allait bien au-delà de la dénonciation de la seule peine capitale. Si l'on veut bien lire attentivement le roman, on s'aperçoit en effet que c'est l'ensemble du système pénal qui y est mis en accusation. La linéarité du texte permet de décrire avec une précision documentaire les différentes étapes de la condamnation (procès, demande de pourvoi, rejet du pourvoi, transferts…) et de dénoncer l'inhumanité de ces procédures. Le déroulement du procès, d'abord, déshumanise le condamné en le mettant à la merci de jurés et de magistrats absolument indifférents (II) ; la prison, ensuite, lieu monstrueux, sépare le condamné du monde des vivants (III), le lie de force à toutes sortes de criminels, corrompt son corps et son âme : « Ah ! qu'une prison est quelque chose d'infâme ! Il y a un venin qui y salit tout. Tout s'y flétrit » (XVI). Le système pénitentiaire est alors mis en cause : la mascarade du « secours » religieux, l'affreuse cérémonie orgiaque du ferrement des forçats, le rituel castrateur de la toilette du condamné, la fête monstrueuse offerte à la foule glapissante, la condamnation à mort indirecte qui touche la famille du condamné en la privant de ressources, jusqu'à la condamnation aux frais, qui veut que le condamné finance lui-même son exécution…

L'organisation de la pénalité est décrite comme une mécanique bien huilée, dont les jurés, les juges, les geôliers, le condamné, le prêtre ne sont que des rouages… au même titre que la machine écarlate du docteur Guillotin. Le texte est plein de verrous, de grilles, de serrures qui grincent, et les êtres humains eux-mêmes remplissent leur

---

1. *Claude Gueux*, dans *Œuvres complètes, Roman I*, Robert Laffont, « Bouquins », 1985, p. 878.

rôle mécaniquement, sans âme ni conscience. « On me remit les menottes, note le condamné. Cela avait une petite serrure compliquée qu'ils fermèrent avec soin. Je laissai faire : c'était une machine sur une machine » (II). Cette procédure, du procès à la guillotine, est parfaitement minutée, et le condamné peut même calculer l'heure de son exécution : « Huit jours d'oubli au parquet [...]. Quinze jours d'attente chez le ministre [...]. Là, classement, numérotage, enregistrement : car la guillotine est encombrée, et chacun ne doit passer qu'à son tour [...]. En tout six semaines » (VIII). À partir du chapitre XVIII, cette estimation devient réalité, le compte à rebours s'accélère, passe des jours aux heures, et l'angoisse du condamné se voit aggravée par la présence obsédante de l'horloge ; l'exécution elle-même ne sera que mécanique : la pression d'un triangle de fer sur un être nié dans son humanité.

Au-delà de ces cruautés, ce qui est dénoncé, c'est la misère, forme de fatalité sociale aggravée par la loi, et qui vaut comme circonstance plus qu'atténuante pour le misérable devenu voleur ou assassin. À ce titre, il faut porter une attention particulière au récit du « friauche », au chapitre XXIII. On a reproché à Hugo d'avoir dérobé au lecteur l'histoire du condamné. Certes, elle est absente, et pourtant ! Il y a bien, dans ce récit, un condamné doté d'une histoire, histoire exemplaire (au sens rhétorique) qui, par sa généralité même, illustre et soutient une vaste dénonciation de l'organisation sociale qui punit le criminel sans lui permettre de se relever. Cette histoire, qui occupe presque le centre de l'œuvre, raconte un cercle vicieux : fils de criminel, orphelin, le friauche vole d'abord pour vivre ; on l'envoie au bagne ; libéré après quinze ans, presque sans le sou, il cherche du travail. Mais, forcé de montrer partout son passeport avec la mention « forçat libéré », de partout il est chassé. Il vole un pain : récidiviste. Condamné aux galères à perpétuité, il s'échappe avec un « clou ». Sans passeport, obligé de se cacher, il entre de plain-pied dans le crime, et cette fois il tue pour survivre. Il finit par être pris, et le voilà condamné à mort. Ce friauche, ce pourrait être Jean Valjean, martyr d'un système qui accable le criminel et, au-delà, le peuple. On voit, dans le court récit du friauche, comment sont dénoncés divers aspects de la pénalité : la dureté et la disproportion des peines ; l'absence de mesures de « réinsertion », comme on dirait aujourd'hui ; une forme de double peine aussi, qui fait que le forçat, même libéré, reste toujours un forçat…

LE DERNIER JOUR D'UN CONDAMNÉ, OU LE SUPPLICE DU LECTEUR

Même avant la préface de 1832, *Le Dernier Jour d'un condamné* était donc déjà un réquisitoire contre la peine de mort en même temps qu'un plaidoyer pour le peuple. Mais en complétant le récit et en lui ajoutant une dimension argumentative qu'il n'avait pas – car le récit montrait, et ne discutait pas –, la préface de 1832 fait du livre un dispositif complexe. À la dénonciation par la satire (*Une comédie à propos d'une tragédie*) et au récit du condamné, elle ajoute une argumentation rigoureuse, ferme et éloquente, qui révoque tous les grands arguments des partisans de la peine capitale. Le dispositif préfaciel participe donc à la lutte et renforce l'efficacité du récit dans le combat. Mais le récit proprement dit, ce récit qui est avant tout le cauchemar d'un condamné, d'où vient son efficacité ?

La force de ce texte, et l'une des raisons de sa modernité, est l'impersonnalité du condamné, qu'on a reprochée à Hugo au moment de la parution de l'œuvre. Loin d'être une faute, cette « dépersonnalisation » a un but : faire vivre au lecteur les affres de la condamnation à mort. Le lecteur partage en effet avec le condamné la condition mortelle, et il est amené à partager une particularité, celle de connaître l'heure de sa mort. Tout se passe comme si Hugo lui proposait une sorte de pacte de lecture : « Et si vous connaissiez le moment de votre mort ? » Ou plutôt, comme s'il le lui imposait au prix d'une certaine violence, et qu'il le contraignait à faire l'expérience de cette mortalité programmée. Le roman met alors en place un dispositif destiné à faire vivre au lecteur cette situation particulière. D'abord, l'anonymat du condamné est un premier et essentiel déni d'individualité. Ensuite, n'est décrit du condamné que ce que tous les hommes connaissent : des sensations, notamment, et quelques souvenirs, tel celui du premier émoi amoureux, commun à tous les hommes par son intensité si ce n'est par ses circonstances. Les quelques éléments biographiques qui sont donnés sont eux aussi généraux : comme n'importe qui, le condamné a une mère, une épouse, un enfant ; et comme la plupart des lecteurs de l'époque, il a les caractéristiques de la bourgeoisie : l'éducation (il sait le latin), une certaine aisance, et une méconnaissance complète des bas-fonds, qu'il découvre avec ahurissement lorsqu'il assiste au ferrement des forçats ou rencontre le « friauche ».

C'est aux côtés du condamné que le lecteur vit le compte à rebours qui devient obsédant à partir du chapitre XVIII ; c'est par les yeux et les oreilles du condamné qu'il découvre l'univers carcéral. Ainsi, les descriptions sont toutes « situées ». Faites du point de vue du condamné exclusivement, elles appellent le lecteur à épouser ce point de vue et, au-delà, à vivre une « expérience probante[1] », favorisée par la mention continuelle de sensations auditives, visuelles et même tactiles (l'araignée froide et velue qui court sur le pied du condamné). Et, paroxysme de cette assimilation forcée du lecteur au protagoniste : le moment où la place de l'Hôtel de Ville se révèle au condamné sur le point d'être mené à l'échafaud – « Du fond du sombre guichet, j'ai vu brusquement tout à la fois, à travers la pluie, les mille têtes hurlantes du peuple entassées pêle-mêle sur la rampe du grand escalier du Palais ; à droite, de plain-pied avec le seuil, un rang de chevaux de gendarmes, dont la porte basse ne me découvrait que les pieds de devant et le poitrail. […] Tableau hideux, bien encadré dans la porte d'une prison » (XLVIII). La vue est limitée de toute part ; comme le condamné, le lecteur a le sentiment de ne pouvoir s'échapper, de n'avoir plus qu'à avancer dans l'arène.

Là est bien le scandale du *Dernier Jour d'un condamné*. Certes, on ne plaint pas vraiment ce coupable, qui nous reste étranger. Comme l'écrivait Nisard, « cela […] ne touche pas » – mais cela « fait mal », car ce condamné, le

---

1. Selon une expression de Guy Rosa, dans son commentaire du *Dernier Jour d'un condamné*, LGF, Le Livre de Poche, 1989, p. 258.

lecteur prend sa place[1]. D'où le malaise, l'inconfort sus-
cités par le texte. « Ma vie est la vôtre, votre vie est la
mienne, vous vivez ce que je vis, écrivait Hugo dans la
préface des *Contemplations* (1856) ; quand je vous parle
de moi, je vous parle de vous. Comment ne le sentez-vous
pas ? Ah ! insensé, qui crois que je ne suis pas toi[2] ! »
Voilà le partage auquel nous convie, de gré et de force, le
roman du *Dernier Jour*, voilà sa hardiesse et sa
modernité : pour susciter l'horreur et le refus de la peine
de mort, faire de chacun de nous un condamné. Et c'est
bien cette expérience imposée qui dérange le « gros
monsieur » d'*Une comédie à propos d'une tragédie* – sur
qui cette stratégie d'écriture semble avoir parfaitement
fonctionné : « On n'a pas le droit de faire éprouver à son
lecteur des souffrances physiques. […] Mais ce roman, il
vous fait dresser les cheveux sur la tête, il vous fait venir
la chair de poule, il vous donne de mauvais rêves. J'ai été
deux jours au lit pour l'avoir lu. » Et d'ajouter – suprême
ironie hugolienne : « voilà un livre… un livre qui vous
donne un mal de tête horrible ! »

Marieke Stein.

NOTE SUR L'ÉDITION

Cette édition reprend le texte « *ne varietur* » publié
chez Hetzel en 1881. L'orthographe de certains mots a été
modernisée pour le confort de la lecture (« poète » au lieu
de « poëte », par exemple), mais la graphie des noms
propres a été maintenue.

Les notes appelées par des astérisques sont de Victor
Hugo.

---

1. Voir l'article de Désiré Nisard, « Sur *Le Dernier Jour d'un
condamné* », Dossier, p. 153.
2. *Les Contemplations*, Pocket, 1990, p. 48.

Le Dernier Jour
d'un condamné

18..

PRÉFACE DE 1832

Il n'y avait en tête des premières éditions de cet ouvrage, publié d'abord sans nom d'auteur, que les quelques lignes qu'on va lire :

« Il y a deux manières de se rendre compte de l'existence de ce livre. Ou il y a eu, en effet, une liasse de papiers jaunes et inégaux sur lesquels on a trouvé, enregistrées une à une, les dernières pensées d'un misérable ; ou il s'est rencontré un homme, un rêveur occupé à observer la nature au profit de l'art, un philosophe, un poète, que sais-je ? dont cette idée a été la fantaisie, qui l'a prise ou plutôt s'est laissé prendre par elle, et n'a pu s'en débarrasser qu'en la jetant dans un livre.

« De ces deux explications, le lecteur choisira celle qu'il voudra. »

Comme on le voit, à l'époque où ce livre fut publié, l'auteur ne jugea pas à propos de dire dès lors toute sa pensée. Il aima mieux attendre qu'elle fût comprise et voir si elle le serait. Elle l'a été. L'auteur aujourd'hui peut démasquer l'idée politique, l'idée sociale, qu'il avait voulu populariser sous cette innocente et candide forme littéraire. Il déclare donc, ou plutôt il avoue hautement que *Le Dernier Jour d'un condamné* n'est autre chose qu'un plaidoyer, direct ou indirect, comme on voudra, pour l'abolition de la peine de mort. Ce qu'il a eu dessein de faire, ce qu'il voudrait que la postérité vît dans son œuvre, si jamais elle s'occupe de si peu, ce n'est pas la défense spéciale, et toujours facile, et toujours transitoire, de tel ou tel criminel choisi, de tel ou tel accusé d'élection ; c'est la plaidoirie générale et permanente pour tous les accusés présents et à venir ; c'est le grand point de droit de l'humanité allégué et plaidé à toute voix devant la société, qui est la grande cour de cassation ; c'est cette suprême fin de non-recevoir, *abhorrescere a sanguine*[1], construite à tout jamais en avant de tous les procès criminels ; c'est la sombre et fatale question qui palpite obscurément au fond de toutes les causes capitales sous les triples épaisseurs de pathos dont l'enveloppe la rhétorique sanglante des gens du roi ; c'est la question de vie et de mort, dis-je, déshabillée, dénudée, dépouillée des entortillages sonores du parquet, brutalement mise au jour, et posée où il faut qu'on la voie, et où il faut qu'elle soit, où elle est réellement, dans son vrai milieu, dans son milieu horrible, non au tribunal, mais à l'échafaud, non chez le juge, mais chez le bourreau.

Voilà ce qu'il a voulu faire. Si l'avenir lui décernait un jour la gloire de l'avoir fait, ce qu'il n'ose espérer, il ne voudrait pas d'autre couronne.

Il le déclare donc, et il le répète, il occupe, au nom de tous les accusés possibles, innocents ou coupables, devant toutes les cours, tous les prétoires, tous les jurys, toutes les justices. Ce livre est adressé à quiconque juge. Et pour que le plaidoyer soit aussi vaste que la cause, il a dû, et c'est pour cela que *Le Dernier Jour d'un condamné* est ainsi fait, élaguer de toutes parts dans son sujet le contingent, l'accident, le particulier, le spécial, le relatif, le modifiable, l'épisode, l'anecdote, l'événement, le nom propre, et se borner (si c'est là se borner) à plaider la cause d'un condamné quelconque, exécuté un jour quelconque, pour un crime quelconque. Heureux si, sans autre outil que sa pensée, il a fouillé assez avant pour faire saigner un cœur sous l'*æs triplex*[2] du magistrat ! heureux s'il a rendu pitoyables ceux qui se croient justes ! heureux si, à force de creuser dans le juge, il a réussi quelquefois à y retrouver un homme !

---

1. « Avoir horreur du sang. »
2. L'expression, empruntée à Horace, signifie « triple cuirasse d'airain ».

Il y a trois ans, quand ce livre parut, quelques personnes imaginèrent que cela valait la peine d'en contester l'idée à l'auteur. Les uns supposèrent un livre anglais, les autres un livre américain. Singulière manie de chercher à mille lieues les origines des choses, et de faire couler des sources du Nil le ruisseau qui lave votre rue ! Hélas ! il n'y a en ceci ni livre anglais, ni livre américain, ni livre chinois. L'auteur a pris l'idée du *Dernier Jour d'un condamné*, non dans un livre, il n'a pas l'habitude d'aller chercher ses idées si loin, mais là où vous pouviez tous la prendre, où vous l'avez prise peut-être (car qui n'a fait ou rêvé dans son esprit *Le Dernier Jour d'un condamné ?*), tout bonnement sur la place publique, sur la place de Grève. C'est là qu'un jour en passant il a ramassé cette idée fatale, gisante dans une mare de sang sous les rouges moignons de la guillotine.

Depuis, chaque fois qu'au gré des funèbres jeudis de la cour de cassation, il arrivait un de ces jours où le cri d'un arrêt de mort se fait dans Paris, chaque fois que l'auteur entendait passer sous ses fenêtres ces hurleurs enroués qui ameutent des spectateurs pour la Grève, chaque fois la douloureuse idée lui revenait, s'emparait de lui, lui emplissait la tête de gendarmes, de bourreaux et de foule, lui expliquait heure par heure les dernières souffrances du misérable agonisant, – en ce moment on le confesse, en ce moment on lui coupe les cheveux, en ce moment on lui lie les mains, – le sommait, lui pauvre poète, de dire tout cela à la société, qui fait ses affaires pendant que cette chose monstrueuse s'accomplit, le pressait, le poussait, le secouait, lui arrachait ses vers de l'esprit, s'il était en train d'en faire, et les tuait à peine ébauchés, barrait tous ses travaux, se mettait en travers de tout, l'investissait, l'obsédait, l'assiégeait. C'était un supplice, un supplice qui commençait avec le jour, et qui durait, comme celui du misérable qu'on torturait au même moment, jusqu'à *quatre heures*. Alors seulement, une fois le *ponens caput expiravit*[1] crié par la voix sinistre de l'horloge, l'auteur respirait et

---

1. « Posant la tête, il expira. » Détournement de la phrase de l'Évangile de Jean décrivant la mort du Christ : « *Et inclinato capite tradidit spiritum* » (« Penchant la tête, il expira »).

retrouvait quelque liberté d'esprit. Un jour enfin, c'était, à ce qu'il croit, le lendemain de l'exécution d'Ulbach, il se mit à écrire ce livre. Depuis lors il a été soulagé. Quand un de ces crimes publics, qu'on nomme exécutions judiciaires, a été commis, sa conscience lui a dit qu'il n'en était plus solidaire ; et il n'a plus senti à son front cette goutte de sang qui rejaillit de la Grève sur la tête de tous les membres de la communauté sociale.

Toutefois, cela ne suffit pas. Se laver les mains est bien, empêcher le sang de couler serait mieux.

Aussi ne connaîtrait-il pas de but plus élevé, plus saint, plus auguste que celui-là : concourir à l'abolition de la peine de mort. Aussi est-ce du fond du cœur qu'il adhère aux vœux et aux efforts des hommes généreux de toutes les nations qui travaillent depuis plusieurs années à jeter bas l'arbre patibulaire, le seul arbre que les révolutions ne déracinent pas. C'est avec joie qu'il vient à son tour, lui chétif, donner son coup de cognée, et élargir de son mieux l'entaille que Beccaria a faite, il y a soixante-six ans, au vieux gibet dressé depuis tant de siècles sur la chrétienté [1].

Nous venons de dire que l'échafaud est le seul édifice que les révolutions ne démolissent pas. Il est rare, en effet, que les révolutions soient sobres de sang humain, et, venues qu'elles sont pour émonder, pour ébrancher, pour étêter la société, la peine de mort est une des serpes dont elles se dessaisissent le plus malaisément.

Nous l'avouerons cependant, si jamais révolution nous parut digne et capable d'abolir la peine de mort, c'est la révolution de juillet. Il semble, en effet, qu'il appartenait au mouvement populaire le plus clément des temps modernes de raturer la pénalité barbare de Louis XI, de Richelieu et de Robespierre, et d'inscrire au front de la loi l'inviolabilité de la vie humaine. 1830 méritait de briser le couperet de 93.

Nous l'avons espéré un moment. En août 1830, il y avait tant de générosité dans l'air, un tel esprit de douceur et de civilisation flottait dans les masses, on se sentait le

---

1. Le traité *Des délits et des peines*, de Cesare Bonesana, marquis de Beccaria (1738-1794), publié en 1764, fut le premier grand texte contre la peine de mort. Il connut un succès retentissant dans l'Europe des Lumières, et resta longtemps une référence pour les partisans de l'abolition.

cœur si bien épanoui par l'approche d'un bel avenir, qu'il nous sembla que la peine de mort était abolie de droit, d'emblée, d'un consentement tacite et unanime, comme le reste des choses mauvaises qui nous avaient gênés. Le peuple venait de faire un feu de joie des guenilles de l'Ancien Régime. Celle-là était la guenille sanglante. Nous la crûmes dans le tas. Nous la crûmes brûlée comme les autres. Et pendant quelques semaines, confiant et crédule, nous eûmes foi pour l'avenir à l'inviolabilité de la vie, comme à l'inviolabilité de la liberté.

Et en effet deux mois s'étaient à peine écoulés qu'une tentative fut faite pour résoudre en réalité légale l'utopie sublime de César Bonesana.

Malheureusement, cette tentative fut gauche, maladroite, presque hypocrite, et faite dans un autre intérêt que l'intérêt général.

Au mois d'octobre 1830, on se le rappelle, quelques jours après avoir écarté par l'ordre du jour la proposition d'ensevelir Napoléon sous la colonne, la Chambre tout entière se mit à pleurer et à bramer. La question de la peine de mort fut remise sur le tapis, nous allons dire quelques lignes plus bas à quelle occasion ; et alors il sembla que toutes ces entrailles de législateurs étaient prises d'une subite et merveilleuse miséricorde. Ce fut à qui parlerait, à qui gémirait, à qui lèverait les mains au ciel. La peine de mort, grand Dieu ! quelle horreur ! Tel vieux procureur général, blanchi dans la robe rouge, qui avait mangé toute sa vie le pain trempé de sang des réquisitoires, se composa tout à coup un air piteux et attesta les dieux qu'il était indigné de la guillotine. Pendant deux jours la tribune ne désemplit pas de harangueurs en pleureuses. Ce fut une lamentation, une myriologie[1], un concert de psaumes lugubres, un *Super flumina Babylonis*, un *Stabat mater dolorosa*[2], une grande symphonie en *ut*, avec chœurs, exécutée par tout cet orchestre d'orateurs qui garnit les premiers bancs de la Chambre, et rend de si beaux sons dans les grands jours. Tel vint avec sa basse, tel avec son faus-

---

1. Chant de deuil grec.
2. Référence à deux grandes plaintes bibliques : le Psaume 136, qui évoque l'affliction du peuple élu en exil à Babylone, et l'Évangile de Jean, 19, 25, décrivant la douleur de la mère du Christ.

set. Rien n'y manqua. La chose fut on ne peut plus pathétique et pitoyable. La séance de nuit surtout fut tendre, paterne et déchirante comme un cinquième acte de Lachaussée [1]. Le bon public, qui n'y comprenait rien, avait les larmes aux yeux *.

De quoi s'agissait-il donc ? d'abolir la peine de mort ?

Oui et non.

Voici le fait :

Quatre hommes du monde, quatre hommes comme il faut, de ces hommes qu'on a pu rencontrer dans un salon, et avec qui peut-être on a échangé quelques paroles polies ; quatre de ces hommes, dis-je, avaient tenté, dans les hautes régions politiques, un de ces coups hardis que Bâcon appelle *crimes*, et que Machiavel appelle *entreprises* [2]. Or, crime ou entreprise, la loi, brutale pour tout, punit cela de mort. Et les quatre malheureux étaient là, prisonniers, captifs de la loi, gardés par trois cents cocardes tricolores sous les belles ogives de Vincennes. Que faire et comment faire ? Vous comprenez qu'il est impossible d'envoyer à la Grève, dans une charrette, ignoblement liés avec de grosses cordes, dos à dos avec ce fonctionnaire qu'il ne faut pas seulement nommer, quatre hommes comme vous et moi, quatre *hommes du monde* ? Encore s'il y avait une guillotine en acajou !

Eh ! il n'y a qu'à abolir la peine de mort !

Et là-dessus, la Chambre se met en besogne.

Remarquez, messieurs, qu'hier encore, vous traitiez cette abolition d'utopie, de théorie, de rêve, de folie, de poésie. Remarquez que ce n'est pas la première fois qu'on cherche à appeler votre attention sur la charrette, sur les grosses cordes et sur l'horrible machine écarlate, et qu'il

---

1. Nivelle de La Chaussée : auteur dramatique du XVIIIe siècle, inventeur de ce qu'on appela par moquerie la « comédie larmoyante ».

* Nous ne prétendons pas envelopper dans le même dédain *tout* ce qui a été dit à cette occasion à la Chambre. Il s'est bien prononcé çà et là quelques belles et dignes paroles. Nous avons applaudi, comme tout le monde, au discours grave et simple de M. de Lafayette, et, dans une autre nuance, à la remarquable improvisation de M. Villemain.

2. Il s'agit des quatre ministres du dernier gouvernement de Charles X, Polignac, Peyronnet, Chantelauze et Guernon-Ranville, jugés en 1830 pour les ordonnances du 25 juillet 1830 qui furent à l'origine de la révolution de Juillet (voir la Présentation, p. 21).

est étrange que ce hideux attirail vous saute ainsi aux yeux tout à coup.

Bah ! c'est bien de cela qu'il s'agit ! Ce n'est pas à cause de vous, peuple, que nous abolissons la peine de mort, mais à cause de nous, députés, qui pouvons être ministres. Nous ne voulons pas que la mécanique de Guillotin morde les hautes classes. Nous la brisons. Tant mieux si cela arrange tout le monde, mais nous n'avons songé qu'à nous. Ucalégon brûle [1]. Éteignons le feu. Vite, supprimons le bourreau, biffons le code.

Et c'est ainsi qu'un alliage d'égoïsme altère et dénature les plus belles combinaisons sociales. C'est la veine noire dans le marbre blanc ; elle circule partout, et apparaît à tout moment à l'improviste sous le ciseau. Votre statue est à refaire.

Certes, il n'est pas besoin que nous le déclarions ici, nous ne sommes pas de ceux qui réclamaient les têtes des quatre ministres. Une fois ces infortunés arrêtés, la colère indignée que nous avait inspirée leur attentat s'est changée, chez nous comme chez tout le monde, en une profonde pitié. Nous avons songé aux préjugés d'éducation de quelques-uns d'entre eux, au cerveau peu développé de leur chef, relaps fanatique et obstiné des conspirations de 1804, blanchi avant l'âge sous l'ombre humide des prisons d'État, aux nécessités fatales de leur position commune, à l'impossibilité d'enrayer sur cette pente rapide où la monarchie s'était lancée elle-même à toute bride le 8 août 1829 [2], à l'influence trop peu calculée par nous jusqu'alors de la personne royale, surtout à la dignité que l'un d'entre eux répandait comme un manteau de pourpre sur leur malheur. Nous sommes de ceux qui leur souhaitaient bien sincèrement la vie sauve, et qui étaient prêts à se dévouer pour cela. Si jamais, par impossible, leur échafaud eût été dressé un jour en Grève, nous ne doutons pas, et si c'est une illusion nous voulons la conserver, nous ne doutons pas qu'il n'y eût eu une émeute pour le renverser, et celui qui écrit ces lignes eût été de cette sainte émeute. Car, il

---

1. Allusion à l'*Énéide*, II, v. 311-312, sur l'incendie de Troie : « *Jam proximus ardet Ucalegon* » (« Déjà brûle la plus proche maison, celle d'Ucalégon »).

2. Date de la constitution du ministère ultra dominé par Polignac.

faut bien le dire aussi, dans les crises sociales, de tous les échafauds, l'échafaud politique est le plus abominable, le plus funeste, le plus vénéneux, le plus nécessaire à extirper. Cette espèce de guillotine-là prend racine dans le pavé, et en peu de temps repousse de bouture sur tous les points du sol.

En temps de révolution, prenez garde à la première tête qui tombe. Elle met le peuple en appétit.

Nous étions donc personnellement d'accord avec ceux qui voulaient épargner les quatre ministres, et d'accord de toutes manières, par les raisons sentimentales comme par les raisons politiques. Seulement, nous eussions mieux aimé que la Chambre choisît une autre occasion pour proposer l'abolition de la peine de mort.

Si on l'avait proposée, cette souhaitable abolition, non à propos de quatre ministres tombés des Tuileries à Vincennes, mais à propos du premier voleur de grands chemins venu, à propos d'un de ces misérables que vous regardez à peine quand ils passent près de vous dans la rue, auxquels vous ne parlez pas, dont vous évitez instinctivement le coudoiement poudreux ; malheureux dont l'enfance déguenillée a couru pieds nus dans la boue des carrefours, grelottant l'hiver au rebord des quais, se chauffant au soupirail des cuisines de M. Véfour chez qui vous dînez, déterrant çà et là une croûte de pain dans un tas d'ordures et l'essuyant avant de la manger, grattant tout le jour le ruisseau avec un clou pour y trouver un liard, n'ayant d'autre amusement que le spectacle gratis de la fête du roi et les exécutions en Grève, cet autre spectacle gratis ; pauvres diables, que la faim pousse au vol, et le vol au reste ; enfants déshérités d'une société marâtre, que la maison de force prend à douze ans, le bagne à dix-huit, l'échafaud à quarante ; infortunés qu'avec une école et un atelier vous auriez pu rendre bons, moraux, utiles, et dont vous ne savez que faire, les versant, comme un fardeau inutile, tantôt dans la rouge fourmilière de Toulon, tantôt dans le muet enclos de Clamart[1], leur retranchant la vie après leur avoir ôté la liberté ; si c'eût été à propos d'un de ces hommes que vous eussiez proposé d'abolir la peine de

---

1. Clamart était le cimetière où l'on enterrait les exécutés.

mort, oh ! alors, votre séance eût été vraiment digne, grande, sainte, majestueuse, vénérable. Depuis les augustes pères de Trente [1], invitant les hérétiques au concile au nom des entrailles de Dieu, *per viscera Dei*, parce qu'on espère leur conversion, *quoniam sancta synodis sperat hæreticorum conversionem* [2], jamais assemblée d'hommes n'aurait présenté au monde spectacle plus sublime, plus illustre et plus miséricordieux. Il a toujours appartenu à ceux qui sont vraiment forts et vraiment grands d'avoir souci du faible et du petit. Un conseil de brahmines serait beau prenant en main la cause du paria. Et ici la cause du paria, c'était la cause du peuple. En abolissant la peine de mort, à cause de lui et sans attendre que vous fussiez intéressés dans la question, vous faisiez plus qu'une œuvre politique, vous faisiez une œuvre sociale.

Tandis que vous n'avez pas même fait une œuvre politique en essayant de l'abolir, non pour l'abolir, mais pour sauver quatre malheureux ministres pris la main dans le sac des coups d'État !

Qu'est-il arrivé ? c'est que, comme vous n'étiez pas sincères, on a été défiant. Quand le peuple a vu qu'on voulait lui donner le change, il s'est fâché contre toute la question en masse, et, chose remarquable ! il a pris fait et cause pour cette peine de mort dont il supporte pourtant tout le poids. C'est votre maladresse qui l'a amené là. En abordant la question de biais et sans franchise, vous l'avez compromise pour longtemps. Vous jouiez une comédie. On l'a sifflée.

Cette farce pourtant, quelques esprits avaient eu la bonté de la prendre au sérieux. Immédiatement après la fameuse séance, ordre avait été donné aux procureurs généraux, par un garde des sceaux honnête homme, de suspendre indéfiniment toutes exécutions capitales. C'était en apparence un grand pas. Les adversaires de la peine de mort respirèrent. Mais leur illusion fut de courte durée.

Le procès des ministres fut mené à fin. Je ne sais quel arrêt fut rendu. Les quatre vies furent épargnées. Ham fut

---

1. Le concile de Trente se réunit de 1545 à 1563 pour tenter de réunir les chrétiens en réaction à l'apparition du protestantisme. Cette tentative se solda par un échec.

2. « Parce que le saint synode espère la conversion des hérétiques. »

choisi comme juste milieu entre la mort et la liberté. Ces divers arrangements une fois faits, toute peur s'évanouit dans l'esprit des hommes d'État dirigeants, et, avec la peur, l'humanité s'en alla. Il ne fut plus question d'abolir le supplice capital ; et une fois qu'on n'eut plus besoin d'elle, l'utopie redevint utopie, la théorie, théorie, la poésie, poésie.

Il y avait pourtant toujours dans les prisons quelques malheureux condamnés vulgaires qui se promenaient dans les préaux depuis cinq ou six mois, respirant l'air, tranquilles désormais, sûrs de vivre, prenant leur sursis pour leur grâce. Mais attendez.

Le bourreau, à vrai dire, avait eu grand-peur. Le jour où il avait entendu nos faiseurs de lois parler humanité, philanthropie, progrès, il s'était cru perdu. Il s'était caché, le misérable, il s'était blotti sous sa guillotine, mal à l'aise au soleil de juillet comme un oiseau de nuit en plein jour, tâchant de se faire oublier, se bouchant les oreilles et n'osant souffler. On ne le voyait plus depuis six mois. Il ne donnait plus signe de vie. Peu à peu cependant il s'était rassuré dans ses ténèbres. Il avait écouté du côté des Chambres et n'avait plus entendu prononcer son nom. Plus de ces grands mots sonores dont il avait eu si grande frayeur. Plus de commentaires déclamatoires du *Traité des délits et des peines*. On s'occupait de toute autre chose, de quelque grave intérêt social, d'un chemin vicinal, d'une subvention pour l'Opéra-Comique, ou d'une saignée de cent mille francs sur un budget apoplectique de quinze cents millions. Personne ne songeait plus à lui, coupe-tête. Ce que voyant, l'homme se tranquillise, il met sa tête hors de son trou, et regarde de tous côtés ; il fait un pas, puis deux, comme je ne sais plus quelle souris de La Fontaine, puis il se hasarde à sortir tout à fait de dessous son échafaudage, puis il saute dessus, le raccommode, le restaure, le fourbit, le caresse, le fait jouer, le fait reluire, se remet à suifer la vieille mécanique rouillée que l'oisiveté détraquait ; tout à coup il se retourne, saisit au hasard par les cheveux, dans la première prison venue, un de ces infortunés qui comptaient sur la vie, le tire à lui, le dépouille, l'attache, le boucle, et voilà les exécutions qui recommencent.

Tout cela est affreux, mais c'est de l'histoire.

Oui, il y a eu un sursis de six mois accordé à de malheureux captifs, dont on a gratuitement aggravé la peine de cette façon en les faisant reprendre à la vie ; puis, sans raison, sans nécessité, sans trop savoir pourquoi, *pour le plaisir*, on a un beau matin révoqué le sursis, et l'on a remis froidement toutes ces créatures humaines en coupe réglée. Eh ! mon Dieu ! je vous le demande, qu'est-ce que cela nous faisait à tous que ces hommes vécussent ? Est-ce qu'il n'y a pas en France assez d'air à respirer pour tout le monde ?

Pour qu'un jour un misérable commis de la chancellerie, à qui cela était égal, se soit levé de sa chaise en disant : – Allons ! personne ne songe plus à l'abolition de la peine de mort. Il est temps de se remettre à guillotiner ! – il faut qu'il se soit passé dans le cœur de cet homme-là quelque chose de bien monstrueux.

Du reste, disons-le, jamais les exécutions n'ont été accompagnées de circonstances plus atroces que depuis cette révocation du sursis de juillet. Jamais l'anecdote de la Grève n'a été plus révoltante et n'a mieux prouvé l'exécration de la peine de mort. Ce redoublement d'horreur est le juste châtiment des hommes qui ont remis le code du sang en vigueur. Qu'ils soient punis par leur œuvre. C'est bien fait.

Il faut citer ici deux ou trois exemples de ce que certaines exécutions ont eu d'épouvantable et d'impie. Il faut donner mal aux nerfs aux femmes des procureurs du roi. Une femme, c'est quelquefois une conscience.

Dans le midi, vers la fin du mois de septembre dernier, nous n'avons pas bien présents à l'esprit le lieu, le jour, ni le nom du condamné, mais nous les retrouverons si l'on conteste le fait, et nous croyons que c'est à Pamiers [1] ; vers la fin de septembre donc, on vient trouver un homme dans sa prison, où il jouait tranquillement aux cartes ; on lui signifie qu'il faut mourir dans deux heures, ce qui le fait trembler de tous ses membres, car, depuis six mois qu'on l'oubliait, il ne comptait plus sur la mort ; on le rase, on le

1. Il s'agit de l'exécution de Pierre Hébrard, en septembre 1831, à Albi (et non à Pamiers).

tond, on le garrotte, on le confesse ; puis on le brouette entre quatre gendarmes, et à travers la foule, au lieu de l'exécution. Jusqu'ici rien que de simple. C'est comme cela que cela se fait. Arrivé à l'échafaud, le bourreau le prend au prêtre, l'emporte, le ficelle sur la bascule, l'*enfourne*, je me sers ici du mot d'argot, puis il lâche le couperet. Le lourd triangle de fer se détache avec peine, tombe en cahotant dans ses rainures, et, voici l'horrible qui commence, entaille l'homme sans le tuer. L'homme pousse un cri affreux. Le bourreau, déconcerté, relève le couperet et le laisse retomber. Le couperet mord le cou du patient une seconde fois, mais ne le tranche pas. Le patient hurle, la foule aussi. Le bourreau rehisse encore le couperet, espérant mieux du troisième coup. Point. Le troisième coup fait jaillir un troisième ruisseau de sang de la nuque du condamné, mais ne fait pas tomber la tête. Abrégeons. Le couteau remonta et retomba cinq fois, cinq fois il entama le condamné, cinq fois le condamné hurla sous le coup et secoua sa tête vivante en criant grâce ! Le peuple indigné prit des pierres et se mit dans sa justice à lapider le bourreau. Le bourreau s'enfuit sous la guillotine et s'y tapit derrière les chevaux des gendarmes. Mais vous n'êtes pas au bout. Le supplicié, se voyant seul sur l'échafaud, s'était redressé sur la planche, et là, debout, effroyable, ruisselant de sang, soutenant sa tête à demi coupée qui pendait sur son épaule, il demandait avec de faibles cris qu'on vînt le détacher. La foule, pleine de pitié, était sur le point de forcer les gendarmes et de venir à l'aide du malheureux qui avait subi cinq fois son arrêt de mort. C'est en ce moment-là qu'un valet de bourreau, jeune homme de vingt ans, monte sur l'échafaud, dit au patient de se tourner pour qu'il le délie, et, profitant de la posture du mourant qui se livrait à lui sans défiance, saute sur son dos et se met à lui couper péniblement ce qui lui restait de cou avec je ne sais quel couteau de boucher. Cela s'est fait. Cela s'est vu. Oui.

Aux termes de la loi, un juge a dû assister à cette exécution ! D'un signe il pouvait tout arrêter. Que faisait-il donc au fond de sa voiture, cet homme, pendant qu'on massacrait un homme ? Que faisait-il, ce punisseur d'assassins, pendant qu'on assassinait en plein jour, sous ses yeux, sous le souffle de ses chevaux, sous la vitre de sa portière ?

Et le juge n'a pas été mis en jugement ! et le bourreau n'a pas été mis en jugement ! Et aucun tribunal ne s'est enquis de cette monstrueuse extermination de toutes les lois sur la personne sacrée d'une créature de Dieu !

Au dix-septième siècle, à l'époque de barbarie du code criminel, sous Richelieu, sous Christophe Fouquet, quand M. de Chalais fut mis à mort devant le Bouffay de Nantes par un soldat maladroit qui, au lieu d'un coup d'épée, lui donna trente-quatre coups * d'une doloire de tonnelier, du moins cela parut-il irrégulier au parlement de Paris ; il y eut enquête et procès, et si Richelieu ne fut pas puni, si Christophe Fouquet ne fut pas puni, le soldat le fut. Injustice sans doute, mais au fond de laquelle il y avait de la justice.

Ici, rien. La chose a eu lieu après juillet, dans un temps de douces mœurs et de progrès, un an après la célèbre lamentation de la Chambre sur la peine de mort. Eh bien ! le fait a passé absolument inaperçu. Les journaux de Paris l'ont publié comme une anecdote. Personne n'a été inquiété. On a su seulement que la guillotine avait été disloquée exprès par quelqu'un *qui voulait nuire à l'exécuteur des hautes œuvres.* C'était un valet du bourreau, chassé par son maître, qui, pour se venger, lui avait fait cette malice.

Ce n'était qu'une espièglerie. Continuons.

À Dijon, il y a trois mois, on a mené au supplice une femme. (Une femme !) Cette fois encore, le couteau du docteur Guillotin a mal fait son service. La tête n'a pas été tout à fait coupée. Alors les valets de l'exécuteur se sont attelés aux pieds de la femme, et à travers les hurlements de la malheureuse, et à force de tiraillements et de soubresauts, ils lui ont séparé la tête du corps par arrachement.

À Paris, nous revenons au temps des exécutions secrètes. Comme on n'ose plus décapiter en Grève depuis juillet, comme on a peur, comme on est lâche, voici ce qu'on fait. On a pris dernièrement à Bicêtre un homme, un

---

* La Porte dit vingt-deux, mais Aubery dit trente-quatre. M. de Chalais cria jusqu'au vingtième.

condamné à mort, un nommé Désandrieux, je crois ; on l'a mis dans une espèce de panier traîné sur deux roues, clos de toutes parts, cadenassé et verrouillé ; puis, un gendarme en tête, un gendarme en queue, à petit bruit et sans foule, on a été déposer le paquet à la barrière déserte de Saint-Jacques. Arrivés là, il était huit heures du matin, à peine jour, il y avait une guillotine toute fraîche dressée, pour public, quelque douzaine de petits garçons groupés sur les tas de pierres voisins autour de la machine inattendue ; vite, on a tiré l'homme du panier, et, sans lui donner le temps de respirer, furtivement, sournoisement, honteusement, on lui a escamoté sa tête. Cela s'appelle un acte public et solennel de haute justice. Infâme dérision !

Comment donc les gens du roi comprennent-ils le mot civilisation ? Où en sommes-nous ? La justice ravalée aux stratagèmes et aux supercheries ! la loi aux expédients ! monstrueux !

C'est donc une chose bien redoutable qu'un condamné à mort, pour que la société le prenne en traître de cette façon !

Soyons juste pourtant, l'exécution n'a pas été tout à fait secrète. Le matin on a crié et vendu comme de coutume l'arrêt de mort dans les carrefours de Paris. Il paraît qu'il y a des gens qui vivent de cette vente. Vous entendez ? du crime d'un infortuné, de son châtiment, de ses tortures, de son agonie, on fait une denrée, un papier qu'on vend un sou. Concevez-vous rien de plus hideux que ce sou vertde-grisé dans le sang ? Qui est-ce donc qui le ramasse ?

Voilà assez de faits. En voilà trop. Est-ce que tout cela n'est pas horrible ?

Qu'avez-vous à alléguer pour la peine de mort ?

Nous faisons cette question sérieusement ; nous la faisons pour qu'on y réponde ; nous la faisons aux criminalistes, et non aux lettrés bavards. Nous savons qu'il y a des gens qui prennent l'excellence de la peine de mort pour texte à paradoxe comme tout autre thème. Il y en a d'autres qui n'aiment la peine de mort que parce qu'ils haïssent tel ou tel qui l'attaque. C'est pour eux une question quasi littéraire, une question de personnes, une question de noms propres. Ceux-là sont les envieux, qui ne font pas plus faute aux bons jurisconsultes qu'aux grands artistes. Les Joseph Grippa ne manquent pas plus aux

Filangieri que les Torregiani aux Michel-Ange et les Scudéry aux Corneille [1].

Ce n'est pas à eux que nous nous adressons, mais aux hommes de loi proprement dits, aux dialecticiens, aux raisonneurs, à ceux qui aiment la peine de mort pour la peine de mort, pour sa beauté, pour sa bonté, pour sa grâce.

Voyons, qu'ils donnent leurs raisons.

Ceux qui jugent et qui condamnent disent la peine de mort nécessaire. D'abord, – parce qu'il importe de retrancher de la communauté sociale un membre qui lui a déjà nui et qui pourrait lui nuire encore. – S'il ne s'agissait que de cela, la prison perpétuelle suffirait. À quoi bon la mort ? Vous objectez qu'on peut s'échapper d'une prison ? faites mieux votre ronde. Si vous ne croyez pas à la solidité des barreaux de fer, comment osez-vous avoir des ménageries ?

Pas de bourreau où le geôlier suffit.

Mais, reprend-on, – il faut que la société se venge, que la société punisse. – Ni l'un, ni l'autre. Se venger est de l'individu, punir est de Dieu.

La société est entre deux. Le châtiment est au-dessus d'elle, la vengeance au-dessous. Rien de si grand et de si petit ne lui sied. Elle ne doit pas « punir pour se venger » ; elle doit *corriger pour améliorer*. Transformez de cette façon la formule des criminalistes, nous la comprenons et nous y adhérons.

Reste la troisième et dernière raison, la théorie de l'exemple. – Il faut faire des exemples ! il faut épouvanter par le spectacle du sort réservé aux criminels ceux qui seraient tentés de les imiter ! – Voilà bien à peu près textuellement la phrase éternelle dont tous les réquisitoires des cinq cents parquets de France ne sont que des variations plus ou moins sonores. Eh bien ! nous nions d'abord qu'il y ait exemple. Nous nions que le spectacle des supplices produise l'effet qu'on en attend. Loin d'édifier le peuple, il le démoralise et ruine en lui toute sensibilité,

---

1. Énumération de rivaux jaloux de quelques grands hommes. Filangieri était un économiste italien proche des idées de Beccaria ; le sculpteur Torrigiani est passé à la postérité pour… le coup de poing qu'il donna à Michel-Ange ; quant à Georges de Scudéry, il jalousa Corneille, et fut l'auteur d'une violente critique du *Cid*.

partant toute vertu. Les preuves abondent, et encombre-raient notre raisonnement si nous voulions en citer. Nous signalerons pourtant un fait entre mille, parce qu'il est le plus récent. Au moment où nous écrivons, il n'a que dix jours de date. Il est du 5 mars, dernier jour du carnaval. À Saint-Pol, immédiatement après l'exécution d'un incendiaire nommé Louis Camus, une troupe de masques est venue danser autour de l'échafaud encore fumant. Faites donc des exemples ! le mardi gras vous rit au nez.

Que si, malgré l'expérience, vous tenez à votre théorie routinière de l'exemple, alors rendez-nous le seizième siècle, soyez vraiment formidables, rendez-nous la variété des supplices, rendez-nous Farinacci [1], rendez-nous les tourmenteurs-jurés, rendez-nous le gibet, la roue, le bûcher, l'estrapade, l'essorillement, l'écartèlement, la fosse à enfouir vif, la cuve à bouillir vif ; rendez-nous, dans tous les carrefours de Paris, comme une boutique de plus ouverte parmi les autres, le hideux étal du bourreau, sans cesse garni de chair fraîche. Rendez-nous Montfaucon, ses seize piliers de pierre, ses brutes assises, ses caves à ossements, ses poutres, ses crocs, ses chaînes, ses brochettes de squelettes, son éminence de plâtre tachetée de corbeaux, ses potences succursales, et l'odeur de cadavre que par le vent du nord-est il répand à larges bouffées sur tout le faubourg du Temple. Rendez-nous dans sa permanence et dans sa puissance ce gigantesque appentis du bourreau de Paris. À la bonne heure ! voilà de l'exemple en grand. Voilà de la peine de mort bien comprise. Voilà un système de supplices qui a quelque proportion. Voilà qui est horrible, mais qui est terrible.

Ou bien faites comme en Angleterre. En Angleterre, pays de commerce, on prend un contrebandier sur la côte de Douvres, on le pend *pour l'exemple*, *pour l'exemple* on le laisse accroché au gibet ; mais, comme les intempéries de l'air pourraient détériorer le cadavre, on l'enveloppe soigneusement d'une toile enduite de goudron, afin d'avoir à le renouveler moins souvent. Ô terre d'économie ! goudronner les pendus !

---

1. Farinacci (1554-1618) est un jurisconsulte romain, célèbre pour sa dureté dans l'application des peines.

Cela pourtant a encore quelque logique. C'est la façon la plus humaine de comprendre la théorie de l'exemple.

Mais vous, est-ce bien sérieusement que vous croyez faire un exemple quand vous égorgillez misérablement un pauvre homme dans le recoin le plus désert des boulevards extérieurs ? En Grève, en plein jour, passe encore ; mais à la barrière Saint-Jacques[1] ! mais à huit heures du matin ! Qui est-ce qui passe là ? Qui est-ce qui va là ? Qui est-ce qui sait que vous tuez un homme là ? Qui est-ce qui se doute que vous faites un exemple là ? Un exemple pour qui ? Pour les arbres du boulevard, apparemment.

Ne voyez-vous donc pas que vos exécutions publiques se font en tapinois ? Ne voyez-vous donc pas que vous vous cachez ? Que vous avez peur et honte de votre œuvre ? Que vous balbutiez ridiculement votre *discite jus-titiam moniti*[2] ? Qu'au fond vous êtes ébranlés, interdits, inquiets, peu certains d'avoir raison, gagnés par le doute général, coupant des têtes par routine et sans trop savoir ce que vous faites ? Ne sentez-vous pas au fond du cœur que vous avez tout au moins perdu le sentiment moral et social de la mission de sang que vos prédécesseurs, les vieux parlementaires, accomplissaient avec une conscience si tranquille ? La nuit, ne retournez-vous pas plus souvent qu'eux la tête sur votre oreiller ? D'autres avant vous ont ordonné des exécutions capitales, mais ils s'estimaient dans le droit, dans le juste, dans le bien. Jouvenel des Ursins se croyait un juge ; Élie de Thorrette se croyait un juge ; Laubardemont, La Reynie et Laffemas[3] eux-mêmes se croyaient des juges ; vous, dans votre for intérieur, vous n'êtes pas bien sûrs de ne pas être des assassins !

Vous quittez la Grève pour la barrière Saint-Jacques, la foule pour la solitude, le jour pour le crépuscule. Vous ne faites plus fermement ce que vous faites. Vous vous cachez, vous dis-je !

---

1. Au début de 1832, la guillotine avait été transférée de la place de Grève à la barrière Saint-Jacques.

2. Citation de l'*Énéide* (VI, v. 620) : « Apprenez par mon exemple ce qu'est la justice. »

3. Juges célèbres par leur dureté. Le dernier apparaît dans *Marion Delorme* (1829).

Toutes les raisons pour la peine de mort, les voilà donc démolies. Voilà tous les syllogismes de parquet mis à néant. Tous ces copeaux de réquisitoires, les voilà balayés et réduits en cendres. Le moindre attouchement de la logique dissout tous les mauvais raisonnements.

Que les gens du roi ne viennent donc plus nous demander des têtes, à nous jurés, à nous hommes, en nous adjurant d'une voix caressante au nom de la société à protéger, de la vindicte publique à assurer, des exemples à faire. Rhétorique, ampoule, et néant que tout cela ! un coup d'épingle dans ces hyperboles, et vous les désenflez. Au fond de ce doucereux verbiage, vous ne trouvez que dureté de cœur, cruauté, barbarie, envie de prouver son zèle, nécessité de gagner ses honoraires. Taisez-vous, mandarins ! Sous la patte de velours du juge on sent les ongles du bourreau.

Il est difficile de songer de sang-froid à ce que c'est qu'un procureur royal criminel. C'est un homme qui gagne sa vie à envoyer les autres à l'échafaud. C'est le pourvoyeur titulaire des places de Grève. Du reste, c'est un monsieur qui a des prétentions au style et aux lettres, qui est beau parleur ou croit l'être, qui récite au besoin un vers latin ou deux avant de conclure à la mort, qui cherche à faire de l'effet, qui intéresse son amour-propre, ô misère ! là où d'autres ont leur vie engagée, qui a ses modèles à lui, ses types désespérants à atteindre, ses classiques, son Bellart, son Marchangy [1], comme tel poète a Racine et tel autre Boileau. Dans le débat, il tire du côté de la guillotine, c'est son rôle, c'est son état. Son réquisitoire, c'est son œuvre littéraire, il le fleurit de métaphores, il le parfume de citations, il faut que cela soit beau à l'audience, que cela plaise aux dames. Il a son bagage de lieux communs encore très neufs pour la province, ses élégances d'élocution, ses recherches, ses raffinements d'écrivain. Il hait le mot propre presque autant que nos poètes tragiques de l'école de Delille. N'ayez pas peur qu'il appelle les choses par leur nom. Fi donc ! Il a pour toute idée dont la nudité

---

1. Bellart est le procureur qui requit contre Louvel, l'assassin du duc de Berry, et contre le maréchal Ney ; Marchandy (ou Marchangy) est l'avocat général qui requit contre les quatre sergents de La Rochelle.

vous révolterait des déguisements complets d'épithètes et d'adjectifs. Il rend M. Samson[1] présentable. Il gaze le couperet. Il estompe la bascule. Il entortille le panier rouge dans une périphrase. On ne sait plus ce que c'est. C'est douceâtre et décent. Vous le représentez-vous, la nuit, dans son cabinet, élaborant à loisir et de son mieux cette harangue qui fera dresser un échafaud dans six semaines ? Le voyez-vous suant sang et eau pour emboîter la tête d'un accusé dans le plus fatal article du code ? Le voyez-vous scier avec une loi mal faite le cou d'un misérable ? Remarquez-vous comme il fait infuser dans un gâchis de tropes et de synecdoches[2] deux ou trois textes vénéneux pour en exprimer et en extraire à grand-peine la mort d'un homme ? N'est-il pas vrai que, tandis qu'il écrit, sous sa table, dans l'ombre, il a probablement le bourreau accroupi à ses pieds, et qu'il arrête de temps en temps sa plume pour lui dire, comme le maître à son chien : – Paix là ! paix là ! tu vas avoir ton os !

Du reste, dans la vie privée, cet homme du roi peut être un honnête homme, bon père, bon fils, bon mari, bon ami, comme disent toutes les épitaphes du Père-Lachaise.

Espérons que le jour est prochain où la loi abolira ces fonctions funèbres. L'air seul de notre civilisation doit dans un temps donné user la peine de mort.

On est parfois tenté de croire que les défenseurs de la peine de mort n'ont pas bien réfléchi à ce que c'est. Mais pesez donc un peu à la balance de quelque crime que ce soit ce droit exorbitant que la société s'arroge d'ôter ce qu'elle n'a pas donné, cette peine, la plus irréparable des peines irréparables !

De deux choses l'une :

Ou l'homme que vous frappez est sans famille, sans parents, sans adhérents dans ce monde. Et dans ce cas, il n'a reçu ni éducation, ni instruction, ni soins pour son esprit, ni soins pour son cœur ; et alors de quel droit tuez-vous ce misérable orphelin ? Vous le punissez de ce que

---

1. Sanson (et non Samson) est le patronyme des bourreaux qui se succédèrent de 1688 à 1847 (la charge d'exécuteur des hautes œuvres était héréditaire). L'un d'eux, Charles Henri, exécuta Louis XVI, et son fils exécuta Marie-Antoinette.

2. Comprendre « synecdoque », figure de rhétorique.

son enfance a rampé sur le sol sans tige et sans tuteur ! Vous lui imputez à forfait l'isolement où vous l'avez laissé ! De son malheur vous faites son crime ! Personne ne lui a appris à savoir ce qu'il faisait. Cet homme ignore. Sa faute est à sa destinée, non à lui. Vous frappez un innocent.

Ou cet homme a une famille ; et alors croyez-vous que le coup dont vous l'égorgez ne blesse que lui seul ? que son père, que sa mère, que ses enfants, n'en saigneront pas ? Non. En le tuant, vous décapitez toute sa famille. Et ici encore vous frappez des innocents.

Gauche et aveugle pénalité, qui, de quelque côté qu'elle se tourne, frappe l'innocent !

Cet homme, ce coupable qui a une famille, séquestrez-le. Dans sa prison, il pourra travailler encore pour les siens. Mais comment les fera-t-il vivre du fond de son tombeau ? Et songez-vous sans frissonner à ce que deviendront ces petits garçons, ces petites filles, auxquelles vous ôtez leur père, c'est-à-dire leur pain ? Est-ce que vous comptez sur cette famille pour approvisionner dans quinze ans, eux le bagne, elles le musico[1] ? Oh ! les pauvres innocents !

Aux colonies, quand un arrêt de mort tue un esclave, il y a mille francs d'indemnité pour le propriétaire de l'homme. Quoi ! vous dédommagez le maître, et vous n'indemnisez pas la famille ! Ici aussi ne prenez-vous pas un homme à ceux qui le possèdent ? N'est-il pas, à un titre bien autrement sacré que l'esclave vis-à-vis du maître, la propriété de son père, le bien de sa femme, la chose de ses enfants ?

Nous avons déjà convaincu votre loi d'assassinat. La voici convaincue de vol.

Autre chose encore. L'âme de cet homme, y songez-vous ? Savez-vous dans quel état elle se trouve ? Osez-vous bien l'expédier si lestement ? Autrefois du moins, quelque foi circulait dans le peuple ; au moment suprême, le souffle religieux qui était dans l'air pouvait amollir le plus endurci ; un patient était en même temps un pénitent ; la religion lui ouvrait un monde au moment où la société lui en fermait un autre ; toute âme avait conscience de Dieu ; l'échafaud n'était qu'une frontière du ciel. Mais quelle espérance mettez-vous sur l'échafaud maintenant

---

1. Café chantant, bastringue.

que la grosse foule ne croit plus ? maintenant que toutes les religions sont attaquées du *dry-rot*[1], comme ces vieux vaisseaux qui pourrissent dans nos ports, et qui jadis peut-être ont découvert des mondes ? maintenant que les petits enfants se moquent de Dieu ? De quel droit lancez-vous dans quelque chose dont vous doutez vous-mêmes les âmes obscures de vos condamnés, ces âmes telles que Voltaire et M. Pigault-Lebrun[2] les ont faites ? Vous les livrez à votre aumônier de prison, excellent vieillard sans doute ; mais croit-il et fait-il croire ? Ne grossoie-t-il pas comme une corvée son œuvre sublime ? Est-ce que vous le prenez pour un prêtre, ce bonhomme qui coudoie le bourreau dans la charrette ? Un écrivain plein d'âme et de talent l'a dit avant nous : *C'est une horrible chose de conserver le bourreau après avoir ôté le confesseur !*

Ce ne sont là, sans doute, que des « raisons sentimentales », comme disent quelques dédaigneux qui ne prennent leur logique que dans leur tête. À nos yeux, ce sont les meilleures. Nous préférons souvent les raisons du sentiment aux raisons de la raison. D'ailleurs les deux séries se tiennent toujours, ne l'oublions pas. Le *Traité des délits* est greffé sur *L'Esprit des lois*. Montesquieu a engendré Beccaria.

La raison est pour nous, le sentiment est pour nous, l'expérience est aussi pour nous. Dans les États modèles, où la peine de mort est abolie, la masse des crimes capitaux suit d'année en année une baisse progressive. Pesez ceci.

Nous ne demandons cependant pas pour le moment une brusque et complète abolition de la peine de mort, comme celle où s'était si étourdiment engagée la Chambre des députés. Nous désirons, au contraire, tous les essais, toutes les précautions, tous les tâtonnements de la prudence. D'ailleurs, nous ne voulons pas seulement l'abolition de la peine de mort, nous voulons un remaniement complet de la pénalité sous toutes ses formes, du haut en bas, depuis le verrou jusqu'au couperet, et le temps est un des ingrédients qui doivent entrer dans une pareille œuvre pour qu'elle soit bien faite. Nous comptons développer ailleurs,

---

1. Pourriture du bois.
2. Pigault-Lebrun (1753-1835), écrivain, est notamment l'auteur d'un pamphlet retentissant contre le christianisme (*Le Citateur*, 1803).

sur cette matière, le système d'idées que nous croyons applicable. Mais, indépendamment des abolitions partielles pour le cas de fausse monnaie, d'incendie, de vols qualifiés, etc., nous demandons que dès à présent, dans toutes les affaires capitales, le président soit tenu de poser au jury cette question : *L'accusé a-t-il agi par passion ou par intérêt ?* et que, dans le cas où le jury répondrait : *L'accusé a agi par passion*, il n'y ait pas condamnation à mort. Ceci nous épargnerait du moins quelques exécutions révoltantes. Ulbach et Debacker seraient sauvés. On ne guillotinerait plus Othello.

Au reste, qu'on ne s'y trompe pas, cette question de la peine de mort mûrit tous les jours. Avant peu, la société entière la résoudra comme nous.

Que les criminalistes les plus entêtés y fassent attention, depuis un siècle la peine de mort va s'amoindrissant. Elle se fait presque douce. Signe de décrépitude. Signe de faiblesse. Signe de mort prochaine. La torture a disparu. La roue a disparu. La potence a disparu. Chose étrange ! la guillotine est un progrès.

M. Guillotin était un philanthrope.

Oui, l'horrible Thémis dentue et vorace de Farinace et de Vouglans, de Delancre et d'Isaac Loisel, de d'Oppède et de Machault [1], dépérit. Elle maigrit. Elle se meurt.

Voici déjà la Grève qui n'en veut plus. La Grève se réhabilite. La vieille buveuse de sang s'est bien conduite en juillet. Elle veut mener désormais meilleure vie et rester digne de sa dernière belle action. Elle qui s'était prostituée depuis trois siècles à tous les échafauds, la pudeur la prend. Elle a honte de son ancien métier. Elle veut perdre son vilain nom. Elle répudie le bourreau. Elle lave son pavé.

À l'heure qu'il est, la peine de mort est déjà hors de Paris. Or, disons-le bien ici, sortir de Paris c'est sortir de la civilisation.

Tous les symptômes sont pour nous. Il semble aussi qu'elle se rebute et qu'elle rechigne, cette hideuse machine, ou plutôt ce monstre fait de bois et de fer qui est à

---

1. Énumération de magistrats qui se sont signalés par leur dureté au cours des siècles. Farinace a déjà été évoqué sous le nom Farinacci, p. 44.

Guillotin ce que Galatée est à Pygmalion. Vues d'un certain côté, les effroyables exécutions que nous avons détaillées plus haut sont d'excellents signes. La guillotine hésite. Elle en est à manquer son coup. Tout le vieil échafaudage de la peine de mort se détraque.

L'infâme machine partira de France, nous y comptons, et, s'il plaît à Dieu, elle partira en boitant, car nous tâcherons de lui porter de rudes coups.

Qu'elle aille demander l'hospitalité ailleurs, à quelque peuple barbare, non à la Turquie, qui se civilise, non aux sauvages, qui ne voudraient pas d'elle* ; mais qu'elle descende quelques échelons encore de l'échelle de la civilisation, qu'elle aille en Espagne ou en Russie.

L'édifice social du passé reposait sur trois colonnes, le prêtre, le roi, le bourreau. Il y a déjà longtemps qu'une voix a dit : *Les dieux s'en vont !* Dernièrement une autre voix s'est élevée et a crié : *Les rois s'en vont !* Il est temps maintenant qu'une troisième voix s'élève et dise : *Le bourreau s'en va !*

Ainsi l'ancienne société sera tombée pierre à pierre ; ainsi la providence aura complété l'écroulement du passé.

À ceux qui ont regretté les dieux, on a pu dire : Dieu reste. À ceux qui regrettent les rois, on peut dire : La patrie reste. À ceux qui regretteraient le bourreau, on n'a rien à dire.

Et l'ordre ne disparaîtra pas avec le bourreau ; ne le croyez point. La voûte de la société future ne croulera pas pour n'avoir point cette clef hideuse. La civilisation n'est autre chose qu'une série de transformations successives. À quoi donc allez-vous assister ? à la transformation de la pénalité. La douce loi du Christ pénétrera enfin le code et rayonnera à travers. On regardera le crime comme une maladie, et cette maladie aura ses médecins qui remplaceront vos juges, ses hôpitaux qui remplaceront vos bagnes. La liberté et la santé se ressembleront. On versera le baume et l'huile où l'on appliquait le fer et le feu. On traitera par la charité ce mal qu'on traitait par la colère. Ce sera simple et sublime. La croix substituée au gibet. Voilà tout.

15 mars 1832.

* Le « parlement » d'Otahiti vient d'abolir la peine de mort.

UNE COMÉDIE
À PROPOS D'UNE TRAGÉDIE*

PERSONNAGES

MADAME DE BLINVAL.
LE CHEVALIER.
ERGASTE.
UN POÈTE ÉLÉGIAQUE.
UN PHILOSOPHE.
UN GROS MONSIEUR.
UN MONSIEUR MAIGRE.
DES FEMMES.
UN LAQUAIS.

Un salon.

UN POÈTE ÉLÉGIAQUE, *lisant.*

....
....
Le lendemain, des pas traversaient la forêt,
Un chien le long du fleuve en aboyant errait ;
Et quand la bachelette en larmes

---

* Nous avons cru devoir réimprimer ici l'espèce de préface en dialogue qu'on va lire, et qui accompagnait la quatrième édition du *Dernier
Jour d'un condamné*. Il faut se rappeler, en la lisant, au milieu de quelles
objections politiques, morales et littéraires les premières éditions de ce
livre furent publiées. [Note de l'édition de 1832. *Une comédie à propos
d'une tragédie* date de 1829.]

Revint s'asseoir, le cœur rempli d'alarmes,
Sur la tant vieille tour de l'antique châtel,
Elle entendit les flots gémir, la triste Isaure,
Mais plus n'entendit la mandore
Du gentil ménestrel !

TOUT L'AUDITOIRE

Bravo ! charmant ! ravissant !

On bat des mains.

MADAME DE BLINVAL

Il y a dans cette fin un mystère indéfinissable qui tire les larmes des yeux.

LE POÈTE ÉLÉGIAQUE, *modestement.*

La catastrophe est voilée.

LE CHEVALIER, *hochant la tête.*

Mandore, ménestrel, c'est du romantique ça !

LE POÈTE ÉLÉGIAQUE

Oui, monsieur, mais du romantique raisonnable, du vrai romantique. Que voulez-vous ? il faut bien faire quelques concessions.

LE CHEVALIER

Des concessions ! des concessions ! c'est comme cela qu'on perd le goût. Je donnerais tous les vers romantiques seulement pour ce quatrain :

De par le Pinde et par Cythère,
Gentil-Bernard [1] est averti
Que l'Art d'Aimer doit samedi
Venir souper chez l'Art de Plaire.

Voilà la vraie poésie ! L'*Art d'Aimer qui soupe samedi chez l'Art de Plaire !* à la bonne heure ! Mais aujourd'hui c'est *la mandore, le ménestrel.* On ne fait plus de *poésies*

---

1. Pierre Auguste Bernard, dit Gentil-Bernard (1708-1775). Poète licencieux, favori de Mme de Pompadour.

fugitives. Si j'étais poète, je ferais des *poésies fugitives* ;
mais je ne suis pas poète, moi.

LE POÈTE ÉLÉGIAQUE

Cependant, les élégies…

LE CHEVALIER

Poésies fugitives, monsieur. *Bas à Mme de Blinval* : Et
puis, *châtel* n'est pas français ; on dit *castel*.

QUELQU'UN, *au poète élégiaque.*

Une observation, monsieur. Vous dites l'*antique* châtel,
pourquoi pas le *gothique* ?

LE POÈTE ÉLÉGIAQUE

Gothique ne se dit pas en vers.

LE QUELQU'UN

Ah ! c'est différent.

LE POÈTE ÉLÉGIAQUE, *poursuivant.*

Voyez-vous bien, monsieur, il faut se borner. Je ne suis
pas de ceux qui veulent désorganiser le vers français, et
nous ramener à l'époque des Ronsard et des Brébeuf. Je
suis romantique, mais modéré. C'est comme pour les
émotions. Je les veux douces, rêveuses, mélancoliques,
mais jamais de sang, jamais d'horreurs. Voiler les catas-
trophes. Je sais qu'il y a des gens, des fous, des imaginations en délire qui… Tenez, mesdames, avez-vous lu le
nouveau roman ?

LES DAMES

Quel roman ?

LE POÈTE ÉLÉGIAQUE

Le Dernier Jour…

UN GROS MONSIEUR

Assez, monsieur ! je sais ce que vous voulez dire. Le
titre seul me fait mal aux nerfs.

MADAME DE BLINVAL

Et à moi aussi. C'est un livre affreux. Je l'ai là.

LES DAMES

Voyons, voyons.

On se passe le livre de main en main.

QUELQU'UN, *lisant.*

Le Dernier Jour d'un...

LE GROS MONSIEUR

Grâce, madame !

MADAME DE BLINVAL

En effet, c'est un livre abominable, un livre qui donne le cauchemar, un livre qui rend malade.

UNE FEMME, *bas.*

Il faudra que je lise cela.

LE GROS MONSIEUR

Il faut convenir que les mœurs vont se dépravant de jour en jour. Mon Dieu, l'horrible idée ! développer, creuser, analyser, l'une après l'autre, et sans en passer une seule, toutes les souffrances physiques, toutes les tortures morales que doit éprouver un homme condamné à mort, le jour de l'exécution ! Cela n'est-il pas atroce ? Comprenez-vous, mesdames, qu'il se soit trouvé un écrivain pour cette idée, et un public pour cet écrivain ?

LE CHEVALIER

Voilà en effet qui est souverainement impertinent.

MADAME DE BLINVAL

Qu'est-ce que c'est que l'auteur ?

LE GROS MONSIEUR

Il n'y avait pas de nom à la première édition.

LE POÈTE ÉLÉGIAQUE

C'est le même qui a déjà fait deux autres romans, ma foi, j'ai oublié les titres. Le premier commence à la Morgue et finit à la Grève. À chaque chapitre, il y a un ogre qui mange un enfant[1].

LE GROS MONSIEUR

Vous avez lu cela, monsieur ?

LE POÈTE ÉLÉGIAQUE

Oui, monsieur ; la scène se passe en Islande.

LE GROS MONSIEUR

En Islande, c'est épouvantable !

LE POÈTE ÉLÉGIAQUE

Il a fait en outre des odes, des ballades, je ne sais quoi, où il y a des monstres qui ont des *corps bleus*.

LE CHEVALIER, *riant.*

Corbleu ! cela doit faire un furieux vers.

LE POÈTE ÉLÉGIAQUE

Il a publié aussi un drame, – on appelle cela un drame, – où l'on trouve ce beau vers :

Demain vingt-cinq juin mil six cent cinquante-sept[2].

QUELQU'UN

Ah, ce vers !

LE POÈTE ÉLÉGIAQUE

Cela peut s'écrire en chiffres, voyez-vous, mesdames :

Demain, 25 juin 1657.

Il rit. On rit.

---

1. Allusion à *Han d'Islande*, publié en 1823.
2. Il s'agit du premier vers de *Cromwell*, qui fit scandale.

LE CHEVALIER

C'est une chose particulière que la poésie d'à présent.

LE GROS MONSIEUR

Ah çà ! il ne sait pas versifier, cet homme-là ! Comment donc s'appelle-t-il déjà ?

LE POÈTE ÉLÉGIAQUE

Il a un nom aussi difficile à retenir qu'à prononcer. Il y a du goth, du visigoth, de l'ostrogoth dedans.

Il rit.

MADAME DE BLINVAL

C'est un vilain homme.

LE GROS MONSIEUR

Un abominable homme.

UNE JEUNE FEMME

Quelqu'un qui le connaît m'a dit…

LE GROS MONSIEUR

Vous connaissez quelqu'un qui le connaît ?

LA JEUNE FEMME

Oui, et qui dit que c'est un homme doux, simple, qui vit dans la retraite, et passe ses journées à jouer avec ses petits enfants.

LE POÈTE

Et ses nuits à rêver des œuvres de ténèbres. – C'est singulier ; voilà un vers que j'ai fait tout naturellement. Mais c'est qu'il y est, le vers :

Et ses nuits à rêver des œuvres de ténèbres.

Avec une bonne césure. Il n'y a plus que l'autre rime à trouver. Pardieu ! *funèbres.*

MADAME DE BLINVAL

Quidquid tentabat dicere, versus erat[1].

LE GROS MONSIEUR

Vous disiez donc que l'auteur en question a des petits enfants. Impossible, madame. Quand on a fait cet ouvrage-là ! un roman atroce !

QUELQU'UN

Mais, ce roman, dans quel but l'a-t-il fait ?

LE POÈTE ÉLÉGIAQUE

Est-ce que je sais, moi ?

UN PHILOSOPHE

À ce qu'il paraît, dans le but de concourir à l'abolition de la peine de mort.

LE GROS MONSIEUR

Une horreur, vous dis-je !

LE CHEVALIER

Ah çà ! c'est donc un duel avec le bourreau ?

LE POÈTE ÉLÉGIAQUE

Il en veut terriblement à la guillotine.

UN MONSIEUR MAIGRE

Je vois cela d'ici ; des déclamations.

LE GROS MONSIEUR

Point. Il y a à peine deux pages sur ce texte de la peine de mort. Tout le reste, ce sont des sensations.

LE PHILOSOPHE

Voilà le tort. Le sujet méritait le raisonnement. Un drame, un roman ne prouve rien. Et puis, j'ai lu le livre, et il est mauvais.

---

1. « Tout ce qu'il tentait de dire était en vers. » Ovide disait cela de lui-même, en raison de sa facilité naturelle à composer des vers.

LE POÈTE ÉLÉGIAQUE

Détestable ! Est-ce que c'est là de l'art ? C'est passer les bornes, c'est casser les vitres. Encore, ce criminel, si je le connaissais ? mais point. Qu'a-t-il fait ? on n'en sait rien. C'est peut-être un fort mauvais drôle. On n'a pas le droit de m'intéresser à quelqu'un que je ne connais pas.

LE GROS MONSIEUR

On n'a pas le droit de faire éprouver à son lecteur des souffrances physiques. Quand je vois des tragédies, on se tue, eh bien ! cela ne me fait rien. Mais ce roman, il vous fait dresser les cheveux sur la tête, il vous fait venir la chair de poule, il vous donne de mauvais rêves. J'ai été deux jours au lit pour l'avoir lu.

LE PHILOSOPHE

Ajoutez à cela que c'est un livre froid et compassé.

LE POÈTE

Un livre !… un livre !…

LE PHILOSOPHE

Oui. – Et comme vous disiez tout à l'heure, monsieur, ce n'est point là de véritable esthétique. Je ne m'intéresse pas à une abstraction, à une entité pure. Je ne vois point là une personnalité qui s'adéquate avec la mienne. Et puis le style n'est ni simple ni clair. Il sent l'archaïsme. C'est bien là ce que vous disiez, n'est-ce pas ?

LE POÈTE

Sans doute, sans doute. Il ne faut pas de personnalités.

LE PHILOSOPHE

Le condamné n'est pas intéressant.

LE POÈTE

Comment intéresserait-il ? il a un crime et pas de remords. J'eusse fait le contraire. J'eusse conté l'histoire de mon condamné. Né de parents honnêtes. Une bonne éducation. De l'amour. De la jalousie. Un crime qui n'en soit pas un. Et puis des remords, des remords, beaucoup de remords. Mais les lois humaines sont implacables ; il faut qu'il meure. Et là j'aurais traité ma question de la peine de mort. À la bonne heure !

MADAME DE BLINVAL

Ah ! Ah !

LE PHILOSOPHE

Pardon. Le livre, comme l'entend monsieur, ne prouverait rien. La particularité ne régit pas la généralité.

LE POÈTE

Eh bien ! mieux encore ; pourquoi n'avoir pas choisi pour héros, par exemple... Malesherbes, le vertueux Malesherbes ? son dernier jour, son supplice ? Oh ! alors, beau et noble spectacle ! J'eusse pleuré, j'eusse frémi, j'eusse voulu monter sur l'échafaud avec lui.

LE PHILOSOPHE

Pas moi.

LE CHEVALIER

Ni moi. C'était un révolutionnaire, au fond, que votre M. de Malesherbes.

LE PHILOSOPHE

L'échafaud de Malesherbes ne prouve rien contre la peine de mort en général.

LE GROS MONSIEUR

La peine de mort ! à quoi bon s'occuper de cela ? Qu'est-ce que cela vous fait, la peine de mort ? Il faut que cet auteur soit bien mal né, de venir nous donner le cauchemar à ce sujet avec son livre !

MADAME DE BLINVAL

Ah ! oui, un bien mauvais cœur !

LE GROS MONSIEUR

Il nous force à regarder dans les prisons, dans les bagnes, dans Bicêtre. C'est fort désagréable. On sait bien que ce sont des cloaques ; mais qu'importe à la société ?

MADAME DE BLINVAL

Ceux qui ont fait les lois n'étaient pas des enfants.

LE PHILOSOPHE

Ah, cependant, en présentant les choses avec vérité…

LE MONSIEUR MAIGRE

Eh ! c'est justement ce qui manque, la vérité. Que voulez-vous qu'un poète sache sur de pareilles matières ? Il faudrait être au moins procureur du roi. Tenez, j'ai lu dans une citation qu'un journal fait de ce livre, que le condamné ne dit rien quand on lui lit son arrêt de mort ; eh bien, moi, j'ai vu un condamné qui, dans ce moment-là, a poussé un grand cri. – Vous voyez.

LE PHILOSOPHE

Permettez…

LE MONSIEUR MAIGRE

Tenez, messieurs, la guillotine, la Grève, c'est de mauvais goût ; – et la preuve, c'est qu'il paraît que c'est un livre qui corrompt le goût, et vous rend incapable d'émotions pures, fraîches, naïves. Quand donc se lèveront les défenseurs de la saine littérature ? Je voudrais être, et mes réquisitoires m'en donneraient peut-être le droit, membre de l'Académie française… – Voilà justement monsieur Ergaste, qui en est. Que pense-t-il du *Dernier Jour d'un condamné* ?

ERGASTE

Ma foi, monsieur, je ne l'ai lu ni ne le lirai. Je dînais hier chez Mme de Sénange, et la marquise de Morival en a parlé au duc de Melcourt. On dit qu'il y a des personnalités contre la magistrature, et surtout contre le président d'Alimont. L'abbé de Floricour aussi était indigné. Il paraît qu'il y a un chapitre contre la religion, et un chapitre contre la monarchie. Si j'étais procureur du roi !...

LE CHEVALIER

Ah bien oui, procureur du roi ! et la charte ! et la liberté de la presse ! Cependant un poète qui veut supprimer la peine de mort, vous conviendrez que c'est odieux. Ah ! ah ! dans l'Ancien Régime, quelqu'un qui se serait permis de publier un roman contre la torture !... – Mais depuis la prise de la Bastille on peut tout écrire. Les livres font un mal affreux.

LE GROS MONSIEUR

Affreux. – On était tranquille, on ne pensait à rien. Il se coupait bien de temps en temps en France une tête par-ci par-là, deux tout au plus par semaine. Tout cela sans bruit, sans scandale. Ils ne disaient rien. Personne n'y songeait. Pas du tout, voilà un livre... – un livre qui vous donne un mal de tête horrible !

LE MONSIEUR MAIGRE

Le moyen qu'un juré condamne après l'avoir lu !

ERGASTE

Cela trouble les consciences.

MADAME DE BLINVAL

Ah ! les livres ! les livres ! Qui eût dit cela d'un roman ?

LE POÈTE

Il est certain que les livres sont bien souvent un poison subversif de l'ordre social.

LE MONSIEUR MAIGRE

Sans compter la langue, que messieurs les romantiques révolutionnent aussi.

LE POÈTE

Distinguons, monsieur ; il y a romantiques et romantiques.

LE MONSIEUR MAIGRE

Le mauvais goût, le mauvais goût.

ERGASTE

Vous avez raison. Le mauvais goût.

LE MONSIEUR MAIGRE

Il n'y a rien à répondre à cela.

LE PHILOSOPHE,
appuyé au fauteuil d'une dame.

Ils disent là des choses qu'on ne dit même plus rue Mouffetard.

ERGASTE

Ah ! l'abominable livre !

MADAME DE BLINVAL

Hé ! ne le jetez pas au feu. Il est à la loueuse.

LE CHEVALIER

Parlez-moi de notre temps. Comme tout s'est dépravé depuis, le goût et les mœurs ! Vous souvient-il de notre temps, madame de Blinval ?

MADAME DE BLINVAL

Non, monsieur, il ne m'en souvient pas.

LE CHEVALIER

Nous étions le peuple le plus doux, le plus gai, le plus spirituel. Toujours de belles fêtes, de jolis vers. C'était charmant. Y a-t-il rien de plus galant que le madrigal de M. de La Harpe sur le grand bal que Mme la maréchale de Mailly[1] donna en mil sept cent... l'année de l'exécution de Damiens[2] ?

---

1. Le maréchal de Mailly fut guillotiné en 1794, à quatre-vingt-six ans.
2. Auteur d'un attentat contre Louis XV, Damiens mourut dans des souffrances horribles ; après avoir été torturé pendant deux mois, il fut écartelé le 28 mars 1757.

LE GROS MONSIEUR, *soupirant.*

Heureux temps ! Maintenant les mœurs sont horribles, et les livres aussi. C'est le beau vers de Boileau :

Et la chute des arts suit la décadence des mœurs[1].

LE PHILOSOPHE, *bas au poète.*

Soupe-t-on, dans cette maison ?

LE POÈTE ÉLÉGIAQUE

Oui, tout à l'heure.

LE MONSIEUR MAIGRE

Maintenant on veut abolir la peine de mort, et pour cela on fait des romans cruels, immoraux et de mauvais goût, *Le Dernier Jour d'un condamné*, que sais-je ?

LE GROS MONSIEUR

Tenez, mon cher, ne parlons plus de ce livre atroce ; et, puisque je vous rencontre, dites-moi, que faites-vous de cet homme dont nous avons rejeté le pourvoi depuis trois semaines ?

LE MONSIEUR MAIGRE

Ah ! un peu de patience ! je suis en congé ici. Laissez-moi respirer. À mon retour. Si cela tarde trop pourtant, j'écrirai à mon substitut...

UN LAQUAIS, *entrant.*

Madame est servie.

---

1. Ce vers, en réalité « Et la chute des arts suit la perte des mœurs », est de Gilbert, non de Boileau ; voir Gilbert, *Le Dix-Huitième siècle*, Paris, 1775, p. 3.

LE DERNIER JOUR D'UN CONDAMNÉ

I

Bicêtre.

Condamné à mort !

Voilà cinq semaines que j'habite avec cette pensée, toujours seul avec elle, toujours glacé de sa présence, toujours courbé sous son poids !

Autrefois, car il me semble qu'il y a plutôt des années que des semaines, j'étais un homme comme un autre homme. Chaque jour, chaque heure, chaque minute avait son idée. Mon esprit, jeune et riche, était plein de fantaisies. Il s'amusait à me les dérouler les unes après les autres, sans ordre et sans fin, brodant d'inépuisables arabesques cette rude et mince étoffe de la vie. C'étaient des jeunes filles, de splendides chapes d'évêque, des batailles gagnées, des théâtres pleins de bruit et de lumière, et puis encore des jeunes filles et de sombres promenades la nuit sous les larges bras des marronniers. C'était toujours fête dans mon imagination. Je pouvais penser à ce que je voulais, j'étais libre.

Maintenant je suis captif. Mon corps est aux fers dans un cachot, mon esprit est en prison dans une idée. Une horrible, une sanglante, une implacable idée ! Je n'ai plus qu'une pensée, qu'une conviction, qu'une certitude : condamné à mort !

Quoi que je fasse, elle est toujours là, cette pensée infernale, comme un spectre de plomb à mes côtés, seule et jalouse, chassant toute distraction, face à face avec moi misérable, et me secouant de ses deux mains de glace quand je veux détourner la tête ou fermer les yeux. Elle se glisse sous toutes les formes où mon esprit voudrait la fuir, se mêle comme un refrain horrible à toutes les paroles qu'on m'adresse, se colle avec moi aux grilles hideuses de mon cachot, m'obsède éveillé, épie mon sommeil convulsif, et reparaît dans mes rêves sous la forme d'un couteau.

Je viens de m'éveiller en sursaut, poursuivi par elle et me disant : – Ah ! ce n'est qu'un rêve ! – Eh bien ! avant même que mes yeux lourds aient eu le temps de s'entrouvrir assez pour voir cette fatale pensée écrite dans l'horrible réalité qui m'entoure, sur la dalle mouillée et suante de ma cellule, dans les rayons pâles de ma lampe de nuit, dans la trame grossière de la toile de mes vêtements, sur la sombre figure du soldat de garde dont la giberne reluit à travers la grille du cachot, il me semble que déjà une voix a murmuré à mon oreille : – Condamné à mort !

II

C'était par une belle matinée d'août.

Il y avait trois jours que mon procès était entamé ; trois jours que mon nom et mon crime ralliaient chaque matin une nuée de spectateurs, qui venaient s'abattre sur les bancs de la salle d'audience comme des corbeaux autour d'un cadavre ; trois jours que toute cette fantasmagorie des juges, des témoins, des avocats, des procureurs du roi, passait et repassait devant moi, tantôt grotesque, tantôt sanglante, toujours sombre et fatale. Les deux premières nuits, d'inquiétude et de terreur, je n'en avais pu dormir ; la troisième, j'en avais dormi d'ennui et de fatigue. À minuit, j'avais laissé les jurés délibérant. On m'avait ramené sur la paille de mon cachot, et j'étais tombé sur-le-champ dans un sommeil profond, dans un sommeil d'oubli. C'étaient les premières heures de repos depuis bien des jours.

J'étais encore au plus profond de ce profond sommeil lorsqu'on vint me réveiller. Cette fois il ne suffit point du pas lourd et des souliers ferrés du guichetier, du cliquetis de son nœud de clefs, du grincement rauque des verrous ; il fallut pour me tirer de ma léthargie sa rude voix à mon oreille et sa main rude sur mon bras. – Levez-vous donc ! – J'ouvris les yeux, je me dressai effaré sur mon séant. En ce moment, par l'étroite et haute fenêtre de ma cellule, je vis au plafond du corridor voisin, seul ciel qu'il me fût donné d'entrevoir, ce reflet jaune où des yeux habitués aux ténèbres d'une prison savent si bien reconnaître le soleil. J'aime le soleil.

– Il fait beau, dis-je au guichetier.

Il resta un moment sans me répondre, comme ne sachant si cela valait la peine de dépenser une parole ; puis avec quelque effort il murmura brusquement :

– C'est possible.

Je demeurais immobile, l'esprit à demi endormi, la bouche souriante, l'œil fixé sur cette douce réverbération dorée qui diaprait le plafond.

– Voilà une belle journée, répétai-je.

– Oui, me répondit l'homme, on vous attend.

Ce peu de mots, comme le fil qui rompt le vol de l'insecte, me rejeta violemment dans la réalité. Je revis soudain, comme dans la lumière d'un éclair, la sombre salle des assises, le fer à cheval des juges chargé de haillons ensanglantés, les trois rangs de témoins aux faces stupides, les deux gendarmes aux deux bouts de mon banc, et les robes noires s'agiter, et les têtes de la foule fourmiller au fond dans l'ombre, et s'arrêter sur moi le regard fixe de ces douze jurés, qui avaient veillé pendant que je dormais !

Je me levai ; mes dents claquaient, mes mains tremblaient et ne savaient où trouver mes vêtements, mes jambes étaient faibles. Au premier pas que je fis, je trébuchai comme un portefaix trop chargé. Cependant je suivis le geôlier.

Les deux gendarmes m'attendaient au seuil de la cellule. On me remit les menottes. Cela avait une petite serrure compliquée qu'ils fermèrent avec soin. Je laissai faire ; c'était une machine sur une machine.

Nous traversâmes une cour intérieure. L'air vif du matin me ranima. Je levai la tête. Le ciel était bleu, et les rayons chauds du soleil, découpés par les longues cheminées, traçaient de grands angles de lumière au faîte des murs hauts et sombres de la prison. Il faisait beau en effet.

Nous montâmes un escalier tournant en vis ; nous passâmes un corridor, puis un autre, puis un troisième ; puis une porte basse s'ouvrit. Un air chaud, mêlé de bruit, vint me frapper au visage ; c'était le souffle de la foule dans la salle des assises. J'entrai.

Il y eut à mon apparition une rumeur d'armes et de voix. Les banquettes se déplacèrent bruyamment, les cloisons craquèrent ; et, pendant que je traversais la longue salle entre deux masses de peuple murées de soldats, il me semblait que j'étais le centre auquel se rattachaient les fils qui faisaient mouvoir toutes ces faces béantes et penchées.

En cet instant je m'aperçus que j'étais sans fers ; mais je ne pus me rappeler où ni quand on me les avait ôtés.

Alors il se fit un grand silence. J'étais parvenu à ma place. Au moment où le tumulte cessa dans la foule, il cessa aussi dans mes idées. Je compris tout à coup clairement ce que je n'avais fait qu'entrevoir confusément jusqu'alors, que le moment décisif était venu, et que j'étais là pour entendre ma sentence.

L'explique qui pourra, de la manière dont cette idée me vint elle ne me causa pas de terreur. Les fenêtres étaient ouvertes ; l'air et le bruit de la ville arrivaient librement du dehors ; la salle était claire comme pour une noce ; les gais rayons du soleil traçaient çà et là la figure lumineuse des croisées, tantôt allongée sur le plancher, tantôt développée sur les tables, tantôt brisée à l'angle des murs ; et de ces losanges éclatants aux fenêtres chaque rayon découpait dans l'air un grand prisme de poussière d'or.

Les juges, au fond de la salle, avaient l'air satisfait, probablement de la joie d'avoir bientôt fini. Le visage du président, doucement éclairé par le reflet d'une vitre, avait quelque chose de calme et de bon ; et un jeune assesseur causait presque gaiement en chiffonnant son rabat avec une jolie dame en chapeau rose, placée par faveur derrière lui.

Les jurés seuls paraissaient blêmes et abattus, mais c'était apparemment de fatigue d'avoir veillé toute la nuit.

Quelques-uns bâillaient. Rien, dans leur contenance, n'annonçait des hommes qui viennent de porter une sentence de mort ; et sur les figures de ces bons bourgeois je ne devinais qu'une grande envie de dormir.

En face de moi une fenêtre était toute grande ouverte. J'entendais rire sur le quai des marchandes de fleurs ; et, au bord de la croisée, une jolie petite plante jaune, toute pénétrée d'un rayon de soleil, jouait avec le vent dans une fente de la pierre.

Comment une idée sinistre aurait-elle pu poindre parmi tant de gracieuses sensations ? Inondé d'air et de soleil, il me fut impossible de penser à autre chose qu'à la liberté ; l'espérance vint rayonner en moi comme le jour autour de moi ; et, confiant, j'attendis ma sentence comme on attend la délivrance et la vie.

Cependant mon avocat arriva. On l'attendait. Il venait de déjeuner copieusement et de bon appétit. Parvenu à sa place, il se pencha vers moi avec un sourire.

– J'espère, me dit-il.

– N'est-ce pas ? répondis-je, léger et souriant aussi.

– Oui, reprit-il ; je ne sais rien encore de leur déclaration, mais ils auront sans doute écarté la préméditation, et alors ce ne sera que les travaux forcés à perpétuité.

– Que dites-vous là, monsieur ? répliquai-je indigné ; plutôt cent fois la mort !

Oui, la mort ! – Et d'ailleurs, me répétait je ne sais quelle voix intérieure, qu'est-ce que je risque à dire cela ? A-t-on jamais prononcé sentence de mort autrement qu'à minuit, aux flambeaux, dans une salle sombre et noire, et par une froide nuit de pluie d'hiver ? Mais au mois d'août, à huit heures du matin, un si beau jour, ces bons jurés, c'est impossible ! Et mes yeux revenaient se fixer sur la jolie fleur jaune au soleil.

Tout à coup le président, qui n'attendait que l'avocat, m'invita à me lever. La troupe porta les armes ; comme par un mouvement électrique, toute l'assemblée fut debout au même instant. Une figure insignifiante et nulle, placée à une table au-dessous du tribunal, c'était, je pense, le greffier, prit la parole, et lut le verdict que les jurés avaient prononcé en mon absence. Une sueur froide sortit de tous mes membres ; je m'appuyai au mur pour ne pas tomber.

– Avocat, avez-vous quelque chose à dire sur l'application de la peine ? demanda le président.

J'aurais eu, moi, tout à dire, mais rien ne me vint. Ma langue resta collée à mon palais.

Le défenseur se leva.

Je compris qu'il cherchait à atténuer la déclaration du jury, et à mettre dessous, au lieu de la peine qu'elle provoquait, l'autre peine, celle que j'avais été si blessé de lui voir espérer.

Il fallut que l'indignation fût bien forte, pour se faire jour à travers les mille émotions qui se disputaient ma pensée. Je voulus répéter à haute voix ce que je lui avais déjà dit : Plutôt cent fois la mort ! Mais l'haleine me manqua, et je ne pus que l'arrêter rudement par le bras, en criant avec une force convulsive : Non !

Le procureur général combattit l'avocat, et je l'écoutai avec une satisfaction stupide. Puis les juges sortirent, puis ils rentrèrent, et le président me lut mon arrêt.

– Condamné à mort ! dit la foule ; et, tandis qu'on m'emmenait, tout ce peuple se rua sur mes pas avec le fracas d'un édifice qui se démolit. Moi je marchais, ivre et stupéfait. Une révolution venait de se faire en moi. Jusqu'à l'arrêt de mort, je m'étais senti respirer, palpiter, vivre dans le même milieu que les autres hommes ; maintenant je distinguais clairement comme une clôture entre le monde et moi. Rien ne m'apparaissait plus sous le même aspect qu'auparavant. Ces larges fenêtres lumineuses, ce beau soleil, ce ciel pur, cette jolie fleur, tout cela était blanc et pâle, de la couleur d'un linceul. Ces hommes, ces femmes, ces enfants qui se pressaient sur mon passage, je leur trouvais des airs de fantômes.

Au bas de l'escalier, une noire et sale voiture grillée m'attendait. Au moment d'y monter, je regardai au hasard dans la place. – Un condamné à mort ! criaient les passants en courant vers la voiture. À travers le nuage qui me semblait s'être interposé entre les choses et moi, je distinguai deux jeunes filles qui me suivaient avec des yeux avides.

– Bon, dit la plus jeune en battant des mains, ce sera dans six semaines !

III

Condamné à mort !

Eh bien, pourquoi non ? *Les hommes*, je me rappelle l'avoir lu dans je ne sais quel livre où il n'y avait que cela de bon, *les hommes sont tous condamnés à mort avec des sursis indéfinis*[1]. Qu'y a-t-il donc de si changé à ma situation ?

Depuis l'heure où mon arrêt m'a été prononcé, combien sont morts qui s'arrangeaient pour une longue vie ! Combien m'ont devancé qui, jeunes, libres et sains, comptaient bien aller voir tel jour tomber ma tête en place de Grève ! Combien d'ici là peut-être qui marchent et respirent au grand air, entrent et sortent à leur gré, et qui me devanceront encore !

Et puis, qu'est-ce que la vie a donc de si regrettable pour moi ? En vérité, le jour sombre et le pain noir du cachot, la portion de bouillon maigre puisée au baquet des galériens, être rudoyé, moi qui suis raffiné par l'éducation, être brutalisé des guichetiers et des gardes-chiourme, ne pas voir un être humain qui me croie digne d'une parole et à qui je le rende, sans cesse tressaillir et de ce que j'ai fait et de ce qu'on me fera ; voilà à peu près les seuls biens que puisse m'enlever le bourreau.

Ah ! n'importe, c'est horrible !

IV

La voiture noire me transporta ici, dans ce hideux Bicêtre.

Vu de loin, cet édifice a quelque majesté. Il se déroule à l'horizon, au front d'une colline, et à distance garde

---

1. Citation tronquée de *Han d'Islande*, chapitre XLVIII. La phrase complète est : « Condamnés tous à mort avec des sursis indéfinis, c'est pour nous un objet de curiosité étrange et douloureuse, que l'infortuné qui sait précisément à quelle heure son sursis doit être levé. »

quelque chose de son ancienne splendeur, un air de château de roi. Mais à mesure que vous approchez, le palais
devient masure. Les pignons dégradés blessent l'œil. Je ne
sais quoi de honteux et d'appauvri salit ces royales
façades ; on dirait que les murs ont une lèpre. Plus de
vitres, plus de glaces aux fenêtres ; mais de massifs barreaux de fer entrecroisés, auxquels se colle çà et là
quelque hâve figure d'un galérien ou d'un fou.

    C'est la vie vue de près.

V

    À peine arrivé, des mains de fer s'emparèrent de moi. On
multiplia les précautions ; point de couteau, point de four-
chette pour mes repas ; *la camisole de force*, une espèce de
sac de toile à voilure, emprisonna mes bras ; on répondait de
ma vie. Je m'étais pourvu en cassation. On pouvait avoir
pour six ou sept semaines cette affaire onéreuse, et il impor-
tait de me conserver sain et sauf à la place de Grève.

    Les premiers jours on me traita avec une douceur qui
m'était horrible. Les égards d'un guichetier sentent l'échafaud. Par bonheur, au bout de peu de jours, l'habitude
reprit le dessus ; ils me confondirent avec les autres prisonniers dans une commune brutalité, et n'eurent plus de
ces distinctions inaccoutumées de politesse qui me remet-
taient sans cesse le bourreau sous les yeux. Ce ne fut pas
la seule amélioration. Ma jeunesse, ma docilité, les soins
de l'aumônier de la prison, et surtout quelques mots en
latin que j'adressai au concierge, qui ne les comprit pas,
m'ouvrirent la promenade une fois par semaine avec les
autres détenus, et firent disparaître la camisole où j'étais
paralysé. Après bien des hésitations, on m'a aussi donné
de l'encre, du papier, des plumes, et une lampe de nuit.

    Tous les dimanches, après la messe, on me lâche dans le
préau, à l'heure de la récréation. Là, je cause avec les
détenus ; il le faut bien. Ils sont bonnes gens, les misérables. Ils me content leurs tours, ce serait à faire horreur ;
mais je sais qu'ils se vantent. Ils m'apprennent à parler

argot, à *rouscailler bigorne*, comme ils disent. C'est toute une langue entée sur la langue générale comme une espèce d'excroissance hideuse, comme une verrue. Quelquefois une énergie singulière, un pittoresque effrayant : *il y a du raisiné sur le trimar* (du sang sur le chemin), *épouser la veuve* (être pendu), comme si la corde du gibet était veuve de tous les pendus. La tête d'un voleur a deux noms : *la sorbonne*, quand elle médite, raisonne et conseille le crime ; *la tronche*, quand le bourreau la coupe. Quelquefois de l'esprit de vaudeville : *un cachemire d'osier* (une hotte de chiffonnier), *la menteuse* (la langue) ; et puis partout, à chaque instant, des mots bizarres, mystérieux, laids et sordides, venus on ne sait d'où : *le taule* (le bourreau), *la cône* (la mort), *la placarde* (la place des exécutions). On dirait des crapauds et des araignées. Quand on entend parler cette langue, cela fait l'effet de quelque chose de sale et de poudreux, d'une liasse de haillons que l'on secouerait devant vous.

Du moins ces hommes-là me plaignent, ils sont les seuls. Les geôliers, les guichetiers, les porte-clefs, – je ne leur en veux pas, – causent et rient, et parlent de moi, devant moi, comme d'une chose.

VI

Je me suis dit :

– Puisque j'ai le moyen d'écrire, pourquoi ne le ferais-je pas ? Mais quoi écrire ? Pris entre quatre murailles de pierre nue et froide, sans liberté pour mes pas, sans horizon pour mes yeux, pour unique distraction machinalement occupé tout le jour à suivre la marche lente de ce carré blanchâtre que le judas de ma porte découpe vis-à-vis sur le mur sombre, et, comme je le disais tout à l'heure, seul à seul avec une idée, une idée de crime et de châtiment, de meurtre et de mort ! est-ce que je puis avoir quelque chose à dire, moi qui n'ai plus rien à faire dans ce monde ? Et que trouverai-je dans ce cerveau flétri et vide qui vaille la peine d'être écrit ?

Pourquoi non ? Si tout, autour de moi, est monotone et décoloré, n'y a-t-il pas en moi une tempête, une lutte, une tragédie ? Cette idée fixe qui me possède ne se présente-t-elle pas à moi à chaque heure, à chaque instant, sous une nouvelle forme, toujours plus hideuse et plus ensanglantée à mesure que le terme approche ? Pourquoi n'essayerais-je pas de me dire à moi-même tout ce que j'éprouve de violent et d'inconnu dans la situation abandonnée où me voilà ? Certes, la matière est riche ; et, si abrégée que soit ma vie, il y aura bien encore dans les angoisses, dans les terreurs, dans les tortures qui la rempliront, de cette heure à la dernière, de quoi user cette plume et tarir cet encrier. – D'ailleurs ces angoisses, le seul moyen d'en moins souffrir, c'est de les observer, et les peindre m'en distraira.

Et puis, ce que j'écrirai ainsi ne sera peut-être pas inutile. Ce journal de mes souffrances, heure par heure, minute par minute, supplice par supplice, si j'ai la force de le mener jusqu'au moment où il me sera *physiquement* impossible de continuer, cette histoire, nécessairement inachevée, mais aussi complète que possible, de mes sensations, ne portera-t-elle point avec elle un grand et profond enseignement ? N'y aurait-il pas dans ce procès-verbal de la pensée agonisante, dans cette progression toujours croissante de douleurs, dans cette espèce d'autopsie intellectuelle d'un condamné, plus d'une leçon pour ceux qui condamnent ? Peut-être cette lecture leur rendra-t-elle la main moins légère, quand il s'agira quelque autre fois de jeter une tête qui pense, une tête d'homme, dans ce qu'ils appellent la balance de la justice ? Peut-être n'ont-ils jamais réfléchi, les malheureux, à cette lente succession de tortures que renferme la formule expéditive d'un arrêt de mort ? Se sont-ils jamais seulement arrêtés à cette idée poignante que dans l'homme qu'ils retranchent il y a une intelligence, une intelligence qui avait compté sur la vie, une âme qui ne s'est point disposée pour la mort ? Non. Ils ne voient dans tout cela que la chute verticale d'un couteau triangulaire, et pensent sans doute que, pour le condamné, il n'y a rien avant, rien après.

Ces feuilles les détromperont. Publiées peut-être un jour, elles arrêteront quelques moments leur esprit sur les souffrances de l'esprit ; car ce sont celles-là qu'ils ne soupçonnent pas. Ils sont triomphants de pouvoir tuer sans presque faire souffrir le corps. Eh ! c'est bien de cela qu'il s'agit ! Qu'est-ce que la douleur physique près de la douleur morale ! Horreur et pitié, des lois faites ainsi ! Un jour viendra, et peut-être ces mémoires, derniers confidents d'un misérable, y auront-ils contribué… –

À moins qu'après ma mort le vent ne joue dans le préau avec ces morceaux de papier souillés de boue, ou qu'ils n'aillent pourrir à la pluie, collés en étoiles à la vitre cassée d'un guichetier.

VII

Que ce que j'écris ici puisse être un jour utile à d'autres, que cela arrête le juge prêt à juger, que cela sauve des malheureux, innocents ou coupables, de l'agonie à laquelle je suis condamné, pourquoi ? à quoi bon ? qu'importe ? Quand ma tête aura été coupée, qu'est-ce que cela me fait qu'on en coupe d'autres ? Est-ce que vraiment j'ai pu penser ces folies ? Jeter bas l'échafaud après que j'y aurai monté ! je vous demande un peu ce qui m'en reviendra.

Quoi ! le soleil, le printemps, les champs pleins de fleurs, les oiseaux qui s'éveillent le matin, les nuages, les arbres, la nature, la liberté, la vie, tout cela n'est plus à moi ?

Ah ! c'est moi qu'il faudrait sauver ! – Est-il bien vrai que cela ne se peut, qu'il faudra mourir demain, aujourd'hui peut-être, que cela est ainsi ? Ô Dieu ! l'horrible idée à se briser la tête au mur de son cachot !

VIII

Comptons ce qui me reste.

Trois jours de délai après l'arrêt prononcé pour le pourvoi en cassation.

Huit jours d'oubli au parquet de la cour d'assises, après quoi les *pièces*, comme ils disent, sont envoyées au ministre.

Quinze jours d'attente chez le ministre, qui ne sait seulement pas qu'elles existent, et qui, cependant, est supposé les transmettre, après examen, à la cour de cassation.

Là, classement, numérotage, enregistrement ; car la guillotine est encombrée, et chacun ne doit passer qu'à son tour.

Quinze jours pour veiller à ce qu'il ne vous soit pas fait de passe-droit.

Enfin la cour s'assemble, d'ordinaire un jeudi, rejette vingt pourvois en masse, et renvoie le tout au ministre, qui renvoie au procureur général, qui renvoie au bourreau. Trois jours.

Le matin du quatrième jour, le substitut du procureur général se dit, en mettant sa cravate : – Il faut pourtant que cette affaire finisse. – Alors, si le substitut du greffier n'a pas quelque déjeuner d'amis qui l'en empêche, l'ordre d'exécution est minuté, rédigé, mis au net, expédié, et le lendemain dès l'aube on entend dans la place de Grève clouer une charpente, et dans les carrefours hurler à pleine voix des crieurs enroués.

En tout six semaines. La petite fille avait raison.

Or, voilà cinq semaines au moins, six peut-être, je n'ose compter, que je suis dans ce cabanon de Bicêtre, et il me semble qu'il y a trois jours, c'était jeudi.

IX

Je viens de faire mon testament.

À quoi bon ? Je suis condamné aux frais, et tout ce que j'ai y suffira à peine. La guillotine, c'est fort cher.

Je laisse une mère, je laisse une femme, je laisse un enfant.

Une petite fille de trois ans, douce, rose, frêle, avec de grands yeux noirs et de longs cheveux châtains.

Elle avait deux ans et un mois quand je l'ai vue pour la dernière fois.

Ainsi, après ma mort, trois femmes sans fils, sans mari, sans père ; trois orphelines de différente espèce ; trois veuves du fait de la loi.

J'admets que je sois justement puni ; ces innocentes, qu'ont-elles fait ? N'importe ; on les déshonore, on les ruine ; c'est la justice.

Ce n'est pas que ma pauvre vieille mère m'inquiète ; elle a soixante-quatre ans, elle mourra du coup. Ou si elle va quelques jours encore, pourvu que jusqu'au dernier moment elle ait un peu de cendre chaude dans sa chauffe-rette, elle ne dira rien.

Ma femme ne m'inquiète pas non plus ; elle est déjà d'une mauvaise santé et d'un esprit faible, elle mourra aussi.

À moins qu'elle ne devienne folle. On dit que cela fait vivre ; mais du moins, l'intelligence ne souffre pas ; elle dort, elle est comme morte.

Mais ma fille, mon enfant, ma pauvre petite Marie, qui rit, qui joue, qui chante à cette heure, et ne pense à rien, c'est celle-là qui me fait mal !

X

Voici ce que c'est que mon cachot :

Huit pieds carrés ; quatre murailles de pierre de taille qui s'appuient à angle droit sur un pavé de dalles exhaussé d'un degré au-dessus du corridor extérieur.

À droite de la porte, en entrant, une espèce d'enfonce-ment qui fait la dérision d'une alcôve. On y jette une botte de paille où le prisonnier est censé reposer et dormir, vêtu d'un pantalon de toile et d'une veste de coutil, hiver comme été.

Au-dessus de ma tête, en guise de ciel, une noire voûte en *ogive* – c'est ainsi que cela s'appelle – à laquelle d'épaisses toiles d'araignée pendent comme des haillons.

Du reste, pas de fenêtres, pas même de soupirail ; une porte où le fer cache le bois.

Je me trompe ; au centre de la porte, vers le haut, une ouverture de neuf pouces carrés, coupée d'une grille en croix, et que le guichetier peut fermer la nuit.

Au-dehors, un assez long corridor, éclairé, aéré au moyen de soupiraux étroits au haut du mur, et divisé en compartiments de maçonnerie qui communiquent entre eux par une série de portes cintrées et basses ; chacun de ces compartiments sert en quelque sorte d'antichambre à un cachot pareil au mien. C'est dans ces cachots que l'on met les forçats condamnés par le directeur de la prison à des peines de discipline. Les trois premiers cabanons sont réservés aux condamnés à mort, parce qu'étant plus voisins de la geôle, ils sont plus commodes pour le geôlier.

Ces cachots sont tout ce qui reste de l'ancien château de Bicêtre tel qu'il fut bâti, dans le quinzième siècle, par le cardinal de Winchester, le même qui fit brûler Jeanne d'Arc. J'ai entendu dire cela à des *curieux* qui sont venus me voir l'autre jour dans ma loge, et qui me regardaient à distance comme une bête de la ménagerie. Le guichetier a eu cent sous.

J'oubliais de dire qu'il y a nuit et jour un factionnaire de garde à la porte de mon cachot, et que mes yeux ne peuvent se lever vers la lucarne carrée sans rencontrer ses deux yeux fixes toujours ouverts.

Du reste, on suppose qu'il y a de l'air et du jour dans cette boîte de pierre.

XI

Puisque le jour ne paraît pas encore, que faire de la nuit ? Il m'est venu une idée. Je me suis levé et j'ai promené ma lampe sur les quatre murs de ma cellule. Ils sont couverts d'écritures, de dessins, de figures bizarres, de noms qui se mêlent et s'effacent les uns les autres. Il semble que chaque condamné ait voulu laisser trace, ici du moins. C'est du crayon, de la craie, du charbon, des lettres noires, blanches, grises, souvent de profondes entailles dans la pierre, çà et là des caractères rouillés qu'on dirait écrits avec du sang. Certes, si j'avais l'esprit plus libre, je prendrais intérêt à ce livre étrange qui se développe page à page à mes yeux sur chaque pierre de ce cachot. J'aimerais à recomposer un tout de ces fragments de pensée, épars sur la dalle ; à retrouver chaque homme sous chaque nom ; à rendre le sens et la vie à ces inscriptions mutilées, à ces phrases démembrées, à ces mots tronqués, corps sans tête, comme ceux qui les ont écrits.

À la hauteur de mon chevet, il y a deux cœurs enflammés, percés d'une flèche, et au-dessus : *Amour pour la vie.* Le malheureux ne prenait pas un long engagement.

À côté, une espèce de chapeau à trois cornes avec une petite figure grossièrement dessinée au-dessus, et ces mots : *Vive l'empereur !* 1824.

Encore des cœurs enflammés, avec cette inscription, caractéristique dans une prison : *J'aime et j'adore Mathieu Danvin.* Jacques.

Sur le mur opposé on lit ce mot : *Papavoine*[1]. Le *P* majuscule est brodé d'arabesques et enjolivé avec soin.

Un couplet d'une chanson obscène.

Un bonnet de liberté sculpté assez profondément dans la pierre, avec ceci dessous : – *Bories.* – *La République.* C'était un des quatre sous-officiers de La Rochelle[2]. Pauvre jeune homme ! Que leurs prétendues nécessités politiques sont hideuses ! pour une idée, pour une rêverie, pour une abstraction, cette horrible réalité qu'on appelle la guillotine ! Et moi qui me plaignais, moi, misérable qui ai commis un véritable crime, qui ai versé du sang !

Je n'irai pas plus loin dans ma recherche. – Je viens de voir, crayonnée en blanc au coin du mur, une image épouvantable, la figure de cet échafaud qui, à l'heure qu'il est, se dresse peut-être pour moi. – La lampe a failli me tomber des mains.

---

1. Papavoine poignarda deux petits garçons rencontrés au bois de Vincennes, sous les yeux de leur mère ; il fut guillotiné en mars 1825.

2. Les quatre sergents responsables du complot de La Rochelle, tentative d'insurrection de la Charbonnerie, furent exécutés le 25 mars 1825.

XII

Je suis revenu m'asseoir précipitamment sur ma paille, la tête dans les genoux. Puis mon effroi d'enfant s'est dissipé, et une étrange curiosité m'a repris de continuer la lecture de mon mur.

À côté du nom de Papavoine j'ai arraché une énorme toile d'araignée, tout épaissie par la poussière et tendue à l'angle de la muraille. Sous cette toile il y avait quatre ou cinq noms parfaitement lisibles, parmi d'autres dont il ne reste rien qu'une tache sur le mur. – DAUTUN, 1815. – POULAIN, 1818. – JEAN MARTIN, 1821. – CASTAING, 1823. J'ai lu ces noms, et les lugubres souvenirs me sont venus. Dautun, celui qui a coupé son frère en quartiers, et qui allait la nuit dans Paris jetant la tête dans une fontaine, et le tronc dans un égout[1] ; Poulain, celui qui a assassiné sa femme[2] ; Jean Martin[3], celui qui a tiré un coup de pistolet à son père au moment où le vieillard ouvrait une fenêtre ; Castaing, ce médecin qui a empoisonné son ami, et qui, le soignant dans cette dernière maladie qu'il lui avait faite, au lieu de remède lui redonnait du poison ; et auprès de ceux-là, Papavoine, l'horrible fou qui tuait les enfants à coups de couteau sur la tête !

Voilà, me disais-je, et un frisson de fièvre me montait dans les reins, voilà quels ont été avant moi les hôtes de cette cellule. C'est ici, sur la même dalle où je suis, qu'ils ont pensé leurs dernières pensées, ces hommes de meurtre et de sang ! c'est autour de ce mur, dans ce carré étroit, que leurs derniers pas ont tourné comme ceux d'une bête fauve. Ils se sont succédé à de courts intervalles ; il paraît que ce cachot ne désemplit pas. Ils ont laissé la place chaude, et c'est à moi qu'ils l'ont laissée. J'irai à mon tour

---

1. Charles Dautun, trente-cinq ans, tua sa tante, puis son frère, et dispersa les morceaux de son corps dans Paris. Il fut condamné à mort le 25 février 1815.

2. Louis Poulain, trente-neuf ans, fut décapité en place de Grève le 2 août 1817 pour avoir tiré deux coups de feu sur sa femme – sans l'atteindre. Il accusait celle-ci d'« inconduite ».

3. Il s'appelait en réalité Pierre Louis Martin (voir Dossier, p. 147). Hugo assista à son supplice, mais ne put supporter ce spectacle jusqu'au bout.

les rejoindre au cimetière de Clamart, où l'herbe pousse si bien !

Je ne suis ni visionnaire, ni superstitieux, il est probable que ces idées me donnaient un accès de fièvre ; mais, pendant que je rêvais ainsi, il m'a semblé tout à coup que ces noms fatals étaient écrits avec du feu sur le mur noir ; un tintement de plus en plus précipité a éclaté dans mes oreilles ; une lueur rousse a rempli mes yeux ; et puis il m'a paru que le cachot était plein d'hommes, d'hommes étranges qui portaient leur tête dans leur main gauche, et la portaient par la bouche, parce qu'il n'y avait pas de chevelure. Tous me montraient le poing, excepté le parricide [1].

J'ai fermé les yeux avec horreur, alors j'ai tout vu plus distinctement.

Rêve, vision ou réalité, je serais devenu fou, si une impression brusque ne m'eût réveillé à temps.

J'étais près de tomber à la renverse lorsque j'ai senti se traîner sur mon pied nu un ventre froid et des pattes velues ; c'était l'araignée que j'avais dérangée et qui s'enfuyait.

Cela m'a dépossédé. – Ô les épouvantables spectres ! – Non, c'était une fumée, une imagination de mon cerveau vide et convulsif. Chimère à la Macbeth ! Les morts sont morts, ceux-là surtout. Ils sont bien cadenassés dans le sépulcre. Ce n'est pas là une prison dont on s'évade. Comment se fait-il donc que j'aie eu peur ainsi ?

La porte du tombeau ne s'ouvre pas en dedans.

XIII

J'ai vu, ces jours passés, une chose hideuse.

Il était à peine jour, et la prison était pleine de bruit. On entendait ouvrir et fermer les lourdes portes, grincer les verrous et les cadenas de fer, carillonner les trousseaux de clefs entrechoqués à la ceinture des geôliers, trembler les

---

1. La peine des parricides consistait à leur couper le poing droit à la hache.

escaliers du haut en bas sous des pas précipités, et des voix s'appeler et se répondre des deux bouts des longs corridors. Mes voisins de cachot, les forçats en punition, étaient plus gais qu'à l'ordinaire. Tout Bicêtre semblait rire, chanter, courir, danser.

Moi, seul muet dans ce vacarme, seul immobile dans ce tumulte, étonné et attentif, j'écoutais.

Un geôlier passa.

Je me hasardai à l'appeler et à lui demander si c'était fête dans la prison.

– Fête si l'on veut ! me répondit-il. C'est aujourd'hui qu'on ferre les forçats qui doivent partir demain pour Toulon. Voulez-vous voir ? cela vous amusera.

C'était en effet, pour un reclus solitaire, une bonne fortune qu'un spectacle, si odieux qu'il fût. J'acceptai l'amusement.

Le guichetier prit les précautions d'usage pour s'assurer de moi, puis me conduisit dans une petite cellule vide, et absolument démeublée, qui avait une fenêtre grillée, mais une véritable fenêtre à hauteur d'appui, et à travers laquelle on apercevait réellement le ciel.

– Tenez, me dit-il, d'ici vous verrez et vous entendrez. Vous serez seul dans votre loge, comme le roi.

Puis il sortit et referma sur moi serrures, cadenas et verrous.

La fenêtre donnait sur une cour carrée assez vaste, et autour de laquelle s'élevait des quatre côtés, comme une muraille, un grand bâtiment de pierre de taille à six étages. Rien de plus dégradé, de plus nu, de plus misérable à l'œil que cette quadruple façade percée d'une multitude de fenêtres grillées auxquelles se tenaient collés, du bas en haut, une foule de visages maigres et blêmes, pressés les uns au-dessus des autres, comme les pierres d'un mur, et tous pour ainsi dire encadrés dans les entrecroisements des barreaux de fer. C'étaient les prisonniers, spectateurs de la cérémonie en attendant leur jour d'être acteurs. On eût dit des âmes en peine aux soupiraux du purgatoire qui donnent sur l'enfer.

Tous regardaient en silence la cour vide encore. Ils attendaient. Parmi ces figures éteintes et mornes, çà et là brillaient quelques yeux perçants et vifs comme des points de feu.

Le carré de prisons qui enveloppe la cour ne se referme pas sur lui-même. Un des quatre pans de l'édifice (celui qui regarde le levant) est coupé vers son milieu, et ne se rattache au pan voisin que par une grille de fer. Cette grille s'ouvre sur une seconde cour, plus petite que la première, et, comme elle, bloquée de murs et de pignons noirâtres.

Tout autour de la cour principale, des bancs de pierre s'adossent à la muraille. Au milieu se dresse une tige de fer courbée, destinée à porter une lanterne.

Midi sonna. Une grande porte cochère, cachée sous un enfoncement, s'ouvrit brusquement. Une charrette, escortée d'espèces de soldats sales et honteux, en uniformes bleus, à épaulettes rouges et à bandoulières jaunes, entra lourdement dans la cour avec un bruit de ferraille. C'était la chiourme et les chaînes.

Au même instant, comme si ce bruit réveillait tout le bruit de la prison, les spectateurs des fenêtres, jusqu'alors silencieux et immobiles, éclatèrent en cris de joie, en chansons, en menaces, en imprécations mêlées d'éclats de rire poignants à entendre. On eût cru voir des masques de démons. Sur chaque visage parut une grimace, tous les poings sortirent des barreaux, toutes les voix hurlèrent, tous les yeux flamboyèrent, et je fus épouvanté de voir tant d'étincelles reparaître dans cette cendre.

Cependant les argousins, parmi lesquels on distinguait, à leurs vêtements propres et à leur effroi, quelques curieux venus de Paris, les argousins se mirent tranquillement à leur besogne. L'un d'eux monta sur la charrette, et jeta à ses camarades les chaînes, les colliers de voyage, et les liasses de pantalons de toile. Alors ils se dépecèrent le travail ; les uns allèrent étendre dans un coin de la cour les longues chaînes qu'ils nommaient dans leur argot *les ficelles* ; les autres déployèrent sur le pavé *les taffetas*, les chemises et les pantalons ; tandis que les plus sagaces examinaient un à un, sous l'œil de leur capitaine, petit vieillard trapu, les carcans de fer, qu'ils éprouvaient ensuite en les faisant étinceler sur le pavé. Le tout aux acclamations railleuses des prisonniers, dont la voix n'était dominée que par les rires bruyants des forçats pour qui cela se préparait, et qu'on voyait relégués aux croisées de la vieille prison qui donne sur la petite cour.

Quand ces apprêts furent terminés, un monsieur brodé en argent, qu'on appelait *monsieur l'inspecteur*, donna un ordre au directeur de la prison ; et un moment après voilà que deux ou trois portes basses vomirent presque en même temps, et comme par bouffées, dans la cour, des nuées d'hommes hideux, hurlants et déguenillés. C'étaient les forçats.

À leur entrée, redoublement de joie aux fenêtres. Quelques-uns d'entre eux, les grands noms du bagne, furent salués d'acclamations et d'applaudissements qu'ils recevaient avec une sorte de modestie fière. La plupart avaient des espèces de chapeaux tressés de leurs propres mains, avec la paille du cachot, et toujours d'une forme étrange, afin que dans les villes où l'on passerait le chapeau fît remarquer la tête. Ceux-là étaient plus applaudis encore. Un, surtout, excita des transports d'enthousiasme ; un jeune homme de dix-sept ans, qui avait un visage de jeune fille. Il sortait du cachot, où il était au secret depuis huit jours ; de sa botte de paille il s'était fait un vêtement qui l'enveloppait de la tête aux pieds, et il entra dans la cour en faisant la roue sur lui-même avec l'agilité d'un serpent. C'était un baladin condamné pour vol. Il y eut une rage de battements de mains et de cris de joie. Les galériens y répondaient, et c'était une chose effrayante que cet échange de gaietés entre les forçats en titre et les forçats aspirants. La société avait beau être là, représentée par les geôliers et les curieux épouvantés, le crime la narguait en face, et de ce châtiment horrible faisait une fête de famille.

À mesure qu'ils arrivaient, on les poussait, entre deux haies de gardes-chiourme, dans la petite cour grillée, où la visite des médecins les attendait. C'est là que tous tentaient un dernier effort pour éviter le voyage, alléguant quelque excuse de santé, les yeux malades, la jambe boiteuse, la main mutilée. Mais presque toujours on les trouvait bons pour le bagne ; et alors chacun se résignait avec insouciance, oubliant en peu de minutes sa prétendue infirmité de toute la vie.

La grille de la petite cour se rouvrit. Un gardien fit l'appel par ordre alphabétique ; et alors ils sortirent un à un, et chaque forçat s'alla ranger debout dans un coin de la grande cour, près d'un compagnon donné par le hasard de sa lettre initiale. Ainsi chacun se voit réduit à lui-même ; chacun porte sa chaîne pour soi, côte à côte avec un inconnu ; et si par hasard un forçat a un ami, la chaîne l'en sépare. Dernière des misères.

Quand il y en eut à peu près une trentaine de sortis, on referma la grille. Un argousin les aligna avec son bâton, jeta devant chacun d'eux une chemise, une veste et un pantalon de grosse toile, puis fit un signe, et tous commencèrent à se déshabiller. Un incident inattendu vint, comme à point nommé, changer cette humiliation en torture.

Jusqu'alors le temps avait été assez beau, et, si la bise d'octobre refroidissait l'air, de temps en temps aussi elle ouvrait çà et là dans les brumes grises du ciel une crevasse par où tombait un rayon de soleil. Mais à peine les forçats se furent-ils dépouillés de leurs haillons de prison, au moment où ils s'offraient nus et debout à la visite soupçonneuse des gardiens, et aux regards curieux des étrangers qui tournaient autour d'eux pour examiner leurs épaules, le ciel devint noir, une froide averse d'automne éclata brusquement, et se déchargea à torrents dans la cour carrée, sur les têtes découvertes, sur les membres nus des galériens, sur leurs misérables sayons étalés sur le pavé.

En un clin d'œil le préau se vida de tout ce qui n'était pas argousin ou galérien. Les curieux de Paris allèrent s'abriter sous les auvents des portes.

Cependant la pluie tombait à flots. On ne voyait plus dans la cour que les forçats nus et ruisselants sur le pavé noyé. Un silence morne avait succédé à leurs bruyantes bravades. Ils grelottaient, leurs dents claquaient ; leurs jambes maigries, leurs genoux noueux s'entrechoquaient ; et c'était pitié de les voir appliquer sur leurs membres bleus ces chemises trempées, ces vestes, ces pantalons dégouttants de pluie. La nudité eût été meilleure.

Un seul, un vieux, avait conservé quelque gaieté. Il s'écria, en s'essuyant avec sa chemise mouillée, que *cela n'était pas dans le programme* ; puis se prit à rire en montrant le poing au ciel.

Quand ils eurent revêtu les habits de route, on les mena par bandes de vingt ou trente à l'autre coin du préau, où les cordons allongés à terre les attendaient. Ces cordons sont de longues et fortes chaînes coupées transversalement de deux en deux pieds par d'autres chaînes plus courtes, à l'extrémité desquelles se rattache un carcan carré, qui s'ouvre au moyen d'une charnière pratiquée à l'un des angles et se ferme à l'angle opposé par un boulon de fer, rivé pour tout le voyage sur le cou du galérien. Quand ces cordons sont développés à terre, ils figurent assez bien la grande arête d'un poisson.

On fit asseoir les galériens dans la boue, sur les pavés inondés ; on leur essaya les colliers ; puis deux forgerons de la chiourme, armés d'enclumes portatives, les leur rivèrent à froid à grands coups de masses de fer. C'est un moment affreux, où les plus hardis pâlissent. Chaque coup de marteau, assené sur l'enclume appuyée à leur dos, fait rebondir le menton du patient ; le moindre mouvement d'avant en arrière lui ferait sauter le crâne comme une coquille de noix.

Après cette opération, ils devinrent sombres. On n'entendait plus que le grelottement des chaînes, et par intervalles un cri et le bruit sourd du bâton des gardes-chiourme sur les membres des récalcitrants. Il y en eut qui pleurèrent ; les vieux frissonnaient et se mordaient les lèvres. Je regardai avec terreur tous ces profils sinistres dans leurs cadres de fer.

Ainsi, après la visite des médecins, la visite des geôliers ; après la visite des geôliers, le ferrage. Trois actes à ce spectacle.

Un rayon de soleil reparut. On eût dit qu'il mettait le feu à tous ces cerveaux. Les forçats se levèrent à la fois, comme par un mouvement convulsif. Les cinq cordons se rattachèrent par les mains, et tout à coup se formèrent en ronde immense autour de la branche de la lanterne. Ils tournaient à fatiguer les yeux. Ils chantaient une chanson du bagne, une romance d'argot, sur un air tantôt plaintif, tantôt furieux et gai ; on entendait par intervalles des cris grêles, des éclats de rire déchirés et haletants se mêler aux mystérieuses paroles ; puis des acclamations furibondes ; et les chaînes qui s'entrechoquaient en cadence servaient d'orchestre à ce chant plus rauque que leur bruit. Si je cherchais une image du sabbat, je ne la voudrais ni meilleure ni pire.

On apporta dans le préau un large baquet. Les gardes-chiourme rompirent la danse des forçats à coups de bâton, et les conduisirent à ce baquet, dans lequel on voyait nager je ne sais quelles herbes dans je ne sais quel liquide fumant et sale. Ils mangèrent.

Puis, ayant mangé, ils jetèrent sur le pavé ce qui restait de leur soupe et de leur pain bis, et se remirent à danser et à chanter. Il paraît qu'on leur laisse cette liberté le jour du ferrage et la nuit qui le suit.

J'observais ce spectacle étrange avec une curiosité si avide, si palpitante, si attentive, que je m'étais oublié moi-même. Un profond sentiment de pitié me remuait jusqu'aux entrailles, et leurs rires me faisaient pleurer.

Tout à coup, à travers la rêverie profonde où j'étais tombé, je vis la ronde hurlante s'arrêter et se taire. Puis tous les yeux se tournèrent vers la fenêtre que j'occupais. – Le condamné ! le condamné ! crièrent-ils tous en me montrant du doigt ; et les explosions de joie redoublèrent.

Je restai pétrifié.

J'ignore d'où ils me connaissaient et comment ils m'avaient reconnu.

– Bonjour ! bonsoir ! me crièrent-ils avec leur ricanement atroce. Un des plus jeunes, condamné aux galères perpétuelles, face luisante et plombée, me regarda d'un air d'envie en disant : – Il est heureux ! il sera *rogné* ! Adieu, camarade !

Je ne puis dire ce qui se passait en moi. J'étais leur camarade en effet. La Grève est sœur de Toulon. J'étais même placé plus bas qu'eux ; ils me faisaient honneur. Je frissonnai.

Oui, leur camarade ! Et quelques jours plus tard, j'aurais pu aussi, moi, être un spectacle pour eux.

J'étais demeuré à la fenêtre, immobile, perclus, paralysé. Mais quand je vis les cinq cordons s'avancer, se ruer vers moi avec des paroles d'une infernale cordialité ; quand j'entendis le tumultueux fracas de leurs chaînes, de leurs clameurs, de leurs pas, au pied du mur, il me sembla que cette nuée de démons escaladait ma misérable cellule ; je poussai un cri, je me jetai sur la porte d'une violence à la briser ; mais pas moyen de fuir ; les verrous étaient tirés en dehors. Je heurtai, j'appelai avec rage. Puis il me sembla entendre de plus près encore les effrayantes voix des forçats. Je crus voir leurs têtes hideuses paraître déjà au bord de ma fenêtre, je poussai un second cri d'angoisse, et je tombai évanoui.

XIV

Quand je revins à moi, il était nuit. J'étais couché dans un grabat ; une lanterne qui vacillait au plafond me fit voir d'autres grabats alignés des deux côtés du mien. Je compris qu'on m'avait transporté à l'infirmerie.

Je restai quelques instants éveillé, mais sans pensée et sans souvenir, tout entier au bonheur d'être dans un lit. Certes, en d'autres temps, ce lit d'hôpital et de prison m'eût fait reculer de dégoût et de pitié ; mais je n'étais plus le même homme. Les draps étaient gris et rudes au toucher, la couverture maigre et trouée ; on sentait la paillasse à travers le matelas ; qu'importe ! mes membres pouvaient se déroidir à l'aise entre ces draps grossiers ; sous cette couverture, si mince qu'elle fût, je sentais se dissiper peu à peu cet horrible froid de la moelle des os dont j'avais pris l'habitude. – Je me rendormis.

Un grand bruit me réveilla ; il faisait petit jour. Ce bruit venait du dehors ; mon lit était à côté de la fenêtre, je me levai sur mon séant pour voir ce que c'était.

La fenêtre donnait sur la grande cour de Bicêtre. Cette cour était pleine de monde ; deux haies de vétérans avaient peine à maintenir libre, au milieu de cette foule, un étroit chemin qui traversait la cour. Entre ce double rang de soldats cheminaient lentement, cahotées à chaque pavé, cinq longues charrettes chargées d'hommes ; c'étaient les forçats qui partaient.

Ces charrettes étaient découvertes. Chaque cordon en occupait une. Les forçats étaient assis de côté sur chacun des bords, adossés les uns aux autres, séparés par la chaîne commune, qui se développait dans la longueur du chariot, et sur l'extrémité de laquelle un argousin debout, fusil chargé, tenait le pied. On entendait bruire leurs fers, et, à chaque secousse de la voiture, on voyait sauter leurs têtes et ballotter leurs jambes pendantes.

Une pluie fine et pénétrante glaçait l'air, et collait sur leurs genoux leurs pantalons de toile, de gris devenus noirs. Leurs longues barbes, leurs cheveux courts ruisselaient ; leurs visages étaient violets ; on les voyait grelotter, et leurs dents grinçaient de rage et de froid. Du reste, pas de mouvements possibles. Une fois rivé à cette chaîne, on n'est plus qu'une fraction de ce tout hideux qu'on appelle le cordon, et qui se meut comme un seul homme. L'intelligence doit abdiquer, le carcan du bagne la condamne à mort ; et quant à l'animal lui-même, il ne doit plus avoir de besoins et d'appétits qu'à heures fixes. Ainsi, immobiles, la plupart demi-nus, têtes découvertes et pieds pendants, ils commençaient leur voyage de vingt-cinq jours, chargés sur les mêmes charrettes, vêtus des mêmes vêtements pour le soleil à plomb de juillet et pour les froides pluies de novembre. On dirait que les hommes veulent mettre le ciel de moitié dans leur office de bourreaux.

Il s'était établi entre la foule et les charrettes je ne sais quel horrible dialogue ; injures d'un côté, bravades de l'autre, imprécations des deux parts ; mais, à un signe du capitaine, je vis les coups de bâton pleuvoir au hasard dans les charrettes, sur les épaules ou sur les têtes, et tout rentra dans cette espèce de calme extérieur qu'on appelle l'*ordre*. Mais les yeux étaient pleins de vengeance, et les poings des misérables se crispaient sur leurs genoux.

Les cinq charrettes, escortées de gendarmes à cheval et d'argousins à pied, disparurent successivement sous la haute porte cintrée de Bicêtre ; une sixième les suivit, dans laquelle ballottaient pêle-mêle les chaudières, les gamelles de cuivre et les chaînes de rechange. Quelques gardes-chiourme qui s'étaient attardés à la cantine sortirent en courant pour rejoindre leur escouade. La foule s'écoula. Tout ce spectacle s'évanouit comme une fantasmagorie. On entendit s'affaiblir par degrés dans l'air le bruit lourd des roues et des pieds des chevaux sur la route pavée de Fontainebleau, le claquement des fouets, le cliquetis des chaînes, et les hurlements du peuple qui souhaitait malheur au voyage des galériens.

Et c'est là pour eux le commencement !

Que me disait-il donc, l'avocat ? Les galères ! Ah ! oui, plutôt mille fois la mort, plutôt l'échafaud que le bagne, plutôt le néant que l'enfer ; plutôt livrer mon cou au couteau de Guillotin qu'au carcan de la chiourme ! Les galères, juste ciel !

XV

Malheureusement je n'étais pas malade. Le lendemain il fallut sortir de l'infirmerie. Le cachot me reprit.

Pas malade ! en effet, je suis jeune, sain et fort. Le sang coule librement dans mes veines ; tous mes membres obéissent à tous mes caprices ; je suis robuste de corps et d'esprit, constitué pour une longue vie ; oui, tout cela est vrai ; et cependant j'ai une maladie, une maladie mortelle, une maladie faite de la main des hommes.

Depuis que je suis sorti de l'infirmerie, il m'est venu une idée poignante, une idée à me rendre fou, c'est que j'aurais peut-être pu m'évader si l'on m'y avait laissé. Ces médecins, ces sœurs de charité, semblaient prendre intérêt à moi. Mourir si jeune et d'une telle mort ! On eût dit qu'ils me plaignaient, tant ils étaient empressés autour de mon chevet. Bah ! curiosité ! Et puis, ces gens qui guérissent vous guérissent bien d'une fièvre, mais non d'une sentence de mort. Et pourtant cela leur serait si facile ! une porte ouverte ! Qu'est-ce que cela leur ferait ?

Plus de chance maintenant ! mon pourvoi sera rejeté, parce que tout est en règle ; les témoins ont bien témoigné, les plaideurs ont bien plaidé, les juges ont bien jugé. Je n'y compte pas, à moins que… Non, folie ! plus d'espérance ! Le pourvoi, c'est une corde qui vous tient suspendu au-dessus de l'abîme, et qu'on entend craquer à chaque instant jusqu'à ce qu'elle se casse. C'est comme si le couteau de la guillotine mettait six semaines à tomber.

Si j'avais ma grâce ? – Avoir ma grâce ! Et par qui ? et pourquoi ? et comment ? Il est impossible qu'on me fasse grâce. L'exemple ! comme ils disent.

Je n'ai plus que trois pas à faire : Bicêtre, la Conciergerie, la Grève.

XVI

Pendant le peu d'heures que j'ai passées à l'infirmerie, je m'étais assis près d'une fenêtre, au soleil, – il avait reparu – ou du moins recevant du soleil tout ce que les grilles de la croisée m'en laissaient.

J'étais là, ma tête pesante et embrasée dans mes deux mains, qui en avaient plus qu'elles n'en pouvaient porter, mes coudes sur mes genoux, les pieds sur les barreaux de ma chaise ; car l'abattement fait que je me courbe et me replie sur moi-même comme si je n'avais plus ni os dans les membres ni muscles dans la chair.

L'odeur étouffée de la prison me suffoquait plus que jamais, j'avais encore dans l'oreille tout ce bruit de chaînes des galériens, j'éprouvais une grande lassitude de Bicêtre. Il me semblait que le bon Dieu devrait bien avoir pitié de moi et m'envoyer au moins un petit oiseau pour chanter là, en face, au bord du toit.

Je ne sais si ce fut le bon Dieu ou le démon qui m'exauça ; mais presque au même moment j'entendis s'élever sous ma fenêtre une voix, non celle d'un oiseau, mais bien mieux, la voix pure, fraîche, veloutée d'une jeune fille de quinze ans. Je levai la tête comme en sursaut, j'écoutai avidement la chanson qu'elle chantait. C'était un air lent et langoureux, une espèce de roucoulement triste et lamentable ; voici les paroles :

> C'est dans la rue du Mail
> Où j'ai été coltigé,
>   Maluré,
> Par trois coquins de railles,
>   Lirlonfa malurette,

> Sur mes sique' ont foncé,
>   Lirlonfa maluré.

Je ne saurais dire combien fut amer mon désappointement. La voix continua :

> Sur mes sique' ont foncé,
>   Maluré.
> Ils m'ont mis la tartouve,
>   Lirlonfa malurette,
> Grand Meudon est aboulé,
>   Lirlonfa maluré.
> Dans mon trimin rencontre
>   Lirlonfa malurette,
> Un peigre du quartier,
>   Lirlonfa maluré.

> Un peigre du quartier,
>   Maluré.
> Va-t'en dire à ma largue,
>   Lirlonfa malurette,
> Que je suis enfourraillé,
>   Lirlonfa maluré.
> Ma largue tout en colère,
>   Lirlonfa malurette,
> M'dit : Qu'as-tu donc morfillé ?
>   Lirlonfa maluré.

> M'dit : Qu'as-tu donc morfillé ?
>   Maluré.
> J'ai fait suer un chêne,
>   Lirlonfa malurette,
> Son auberg j'ai enganté,
>   Lirlonfa maluré,
> Son auberg et sa toquante,
>   Lirlonfa malurette,
> Et ses attach's de cés,
>   Lirlonfa maluré.

> Et ses attach's de cés,
>   Maluré. –
> Ma largu' part pour Versailles,
>   Lirlonfa malurette,
> Aux pieds d'sa majesté,
>   Lirlonfa maluré.

Elle lui fonce un babillard,
  Lirlonfa malurette,
Pour m'faire défourrailler,
  Lirlonfa maluré,

Pour m'faire défourrailler,
  Maluré.
Ah ! si j'en défourraille,
  Lirlonfa malurette,
Ma largue j'entiferai,
  Lirlonfa maluré.
J'li ferai porter fontange,
  Lirlonfa malurette,
Et souliers galuchés,
  Lirlonfa maluré.

Et souliers galuchés,
  Maluré.
Mais grand dabe qui s'fâche,
  Lirlonfa malurette,
Dit : – Par mon caloquet,
  Lirlonfa maluré,
J'li ferai danser une danse,
  Lirlonfa malurette,
Où il n'y a pas de plancher,
  Lirlonfa maluré. –

Je n'en ai pas entendu et n'aurais pu en entendre davantage. Le sens à demi compris et à demi caché de cette horrible complainte ; cette lutte du brigand avec le guet, ce voleur qu'il rencontre et qu'il dépêche à sa femme, cet épouvantable message : J'ai assassiné un homme et je suis arrêté, *j'ai fait suer un chêne et je suis enfourraillé* ; cette femme qui court à Versailles avec un placet, et cette *Majesté* qui s'indigne et menace le coupable de lui faire danser *la danse où il n'y a pas de plancher* ; et tout cela chanté sur l'air le plus doux et par la plus douce voix qui ait jamais endormi l'oreille humaine !... J'en suis resté navré, glacé, anéanti. C'était une chose repoussante que toutes ces monstrueuses paroles sortant de cette bouche vermeille et fraîche. On eût dit la bave d'une limace sur une rose.

Je ne saurais rendre ce que j'éprouvais ; j'étais à la fois blessé et caressé. Le patois de la caverne et du bagne, cette langue ensanglantée et grotesque, ce hideux argot, marié à une voix de jeune fille, gracieuse transition de la voix d'enfant à la voix de femme ! tous ces mots difformes et mal faits, chantés, cadencés, perlés !

Ah ! qu'une prison est quelque chose d'infâme ! il y a un venin qui y salit tout. Tout s'y flétrit, même la chanson d'une fille de quinze ans ! Vous y trouvez un oiseau, il a de la boue sur son aile ; vous y cueillez une jolie fleur, vous la respirez ; elle pue.

XVII

Oh ! si je m'évadais, comme je courrais à travers champs !

Non, il ne faudrait pas courir. Cela fait regarder et soupçonner. Au contraire, marcher lentement, tête levée, en chantant. Tâcher d'avoir quelque vieux sarrau bleu à dessins rouges. Cela déguise bien. Tous les maraîchers des environs en portent.

Je sais auprès d'Arcueil un fourré d'arbres à côté d'un marais, où, étant au collège, je venais avec mes camarades pêcher des grenouilles tous les jeudis. C'est là que je me cacherais jusqu'au soir.

La nuit tombée, je reprendrais ma course. J'irais à Vincennes. Non, la rivière m'empêcherait. J'irais à Arpajon. – Il aurait mieux valu prendre du côté de Saint-Germain, et aller au Havre, et m'embarquer pour l'Angleterre. – N'importe ! j'arrive à Longjumeau. Un gendarme passe ; il me demande mon passeport… Je suis perdu !

Ah ! malheureux rêveur, brise donc d'abord le mur épais de trois pieds qui t'emprisonne ! La mort ! la mort !

Quand je pense que je suis venu tout enfant, ici, à Bicêtre, voir le grand puits et les fous !

XVIII

Pendant que j'écrivais tout ceci, ma lampe a pâli, le jour est venu, l'horloge de la chapelle a sonné six heures. –

Qu'est-ce que cela veut dire ? Le guichetier de garde vient d'entrer dans mon cachot, il a ôté sa casquette, m'a salué, s'est excusé de me déranger, et m'a demandé, en adoucissant de son mieux sa rude voix, ce que je désirais à déjeuner ?...

Il m'a pris un frisson. – Est-ce que ce serait pour aujourd'hui ?

XIX

C'est pour aujourd'hui !

Le directeur de la prison lui-même vient de me rendre visite. Il m'a demandé en quoi il pourrait m'être agréable ou utile ; a exprimé le désir que je n'eusse pas à me plaindre de lui ou de ses subordonnés ; s'est informé avec intérêt de ma santé et de la façon dont j'avais passé la nuit ; en me quittant, il m'a appelé *monsieur !*

C'est pour aujourd'hui !

XX

Il ne croit pas, ce geôlier, que j'aie à me plaindre de lui et de ses sous-geôliers. Il a raison. Ce serait mal à moi de me plaindre ; ils ont fait leur métier, ils m'ont bien gardé ; et puis ils ont été polis à l'arrivée et au départ. Ne dois-je pas être content ?

Ce bon geôlier, avec son sourire bénin, ses paroles caressantes, son œil qui flatte et qui espionne, ses grosses et larges mains, c'est la prison incarnée, c'est Bicêtre qui s'est fait homme. Tout est prison autour de moi ; je retrouve la prison sous toutes les formes, sous la forme humaine comme sous la forme de grille ou de verrou. Ce mur, c'est de la prison en pierre ; cette porte, c'est de la prison en bois ; ces guichetiers, c'est de la prison en chair et en os. La prison est une espèce d'être horrible, complet, indivisible, moitié maison, moitié homme. Je suis sa proie ; elle me couve, elle m'enlace de tous ses replis. Elle m'enferme dans ses murailles de granit, me cadenasse sous ses serrures de fer, et me surveille avec ses yeux de geôlier.

Ah ! misérable ! que vais-je devenir ? qu'est-ce qu'ils vont faire de moi ?

XXI

Je suis calme maintenant. Tout est fini, bien fini. Je suis sorti de l'horrible anxiété où m'avait jeté la visite du directeur. Car, je l'avoue, j'espérais encore. – Maintenant, Dieu merci, je n'espère plus.

Voici ce qui vient de se passer :

Au moment où six heures et demie sonnaient, – non, c'était l'avant-quart, – la porte de mon cachot s'est rouverte. Un vieillard à tête blanche, vêtu d'une redingote brune, est entré. Il a entrouvert sa redingote. J'ai vu une soutane, un rabat. C'était un prêtre.

Ce prêtre n'était pas l'aumônier de la prison. Cela était sinistre.

Il s'est assis en face de moi avec un sourire bienveillant ; puis a secoué la tête et levé les yeux au ciel, c'est-à-dire à la voûte du cachot. Je l'ai compris.

– Mon fils, m'a-t-il dit, êtes-vous préparé ?

Je lui ai répondu d'une voix faible :

– Je ne suis pas préparé, mais je suis prêt.

Cependant ma vue s'est troublée, une sueur glacée est sortie à la fois de tous mes membres, j'ai senti mes tempes se gonfler, et j'avais les oreilles pleines de bourdonnements.

Pendant que je vacillais sur ma chaise comme endormi, le bon vieillard parlait. C'est du moins ce qui m'a semblé, et je crois me souvenir que j'ai vu ses lèvres remuer, ses mains s'agiter, ses yeux reluire.

La porte s'est rouverte une seconde fois. Le bruit des verrous nous a arrachés, moi à ma stupeur, lui à son discours. Une espèce de monsieur, en habit noir, accompagné du directeur de la prison, s'est présenté, et m'a salué profondément. Cet homme avait sur le visage quelque chose de la tristesse officielle des employés des pompes funèbres. Il tenait un rouleau de papier à la main.

– Monsieur, m'a-t-il dit avec un sourire de courtoisie, je suis huissier près la cour royale de Paris. J'ai l'honneur de vous apporter un message de la part de monsieur le procureur général.

La première secousse était passée. Toute ma présence d'esprit m'était revenue.

– C'est monsieur le procureur général, lui ai-je répondu, qui a demandé si instamment ma tête ? Bien de l'honneur pour moi qu'il m'écrive. J'espère que ma mort lui va faire grand plaisir ; car il me serait dur de penser qu'il l'a sollicitée avec tant d'ardeur et qu'elle lui était indifférente.

J'ai dit tout cela, et j'ai repris d'une voix ferme :

– Lisez, monsieur !

Il s'est mis à me lire un long texte, en chantant à la fin de chaque ligne et en hésitant au milieu de chaque mot. C'était le rejet de mon pourvoi.

– L'arrêt sera exécuté aujourd'hui en place de Grève, a-t-il ajouté quand il a eu terminé, sans lever les yeux de dessus son papier timbré. Nous partons à sept heures et demie précises pour la Conciergerie. Mon cher monsieur, aurez-vous l'extrême bonté de me suivre ?

Depuis quelques instants je ne l'écoutais plus. Le directeur causait avec le prêtre ; lui, avait l'œil fixé sur son papier ; je regardais la porte, qui était restée entrouverte…
– Ah ! misérable ! quatre fusiliers dans le corridor !

L'huissier a répété sa question, en me regardant cette fois.

– Quand vous voudrez, lui ai-je répondu. À votre aise !

Il m'a salué en disant :

– J'aurai l'honneur de venir vous chercher dans une demi-heure.

Alors ils m'ont laissé seul.

Un moyen de fuir, mon Dieu ! un moyen quelconque !
Il faut que je m'évade ! il le faut ! sur-le-champ ! par les
portes, par les fenêtres, par la charpente du toit ! quand
même je devrais laisser de ma chair après les poutres !

Ô rage ! démons ! malédiction ! Il faudrait des mois
pour percer ce mur avec de bons outils, et je n'ai ni un
clou, ni une heure !

XXII

De la Conciergerie.

Me voici *transféré*, comme dit le procès-verbal.

Mais le voyage vaut la peine d'être conté.

Sept heures et demie sonnaient lorsque l'huissier s'est
présenté de nouveau au seuil de mon cachot. – Monsieur,
m'a-t-il dit, je vous attends. – Hélas ! lui et d'autres !

Je me suis levé, j'ai fait un pas ; il m'a semblé que je
n'en pourrais faire un second, tant ma tête était lourde et
mes jambes faibles. Cependant je me suis remis et j'ai
continué d'une allure assez ferme. Avant de sortir du
cabanon, j'y ai promené un dernier coup d'œil. – Je
l'aimais, mon cachot. – Puis, je l'ai laissé vide et ouvert ;
ce qui donne à un cachot un air singulier.

Au reste, il ne le sera pas longtemps. Ce soir on y attend
quelqu'un, disaient les porte-clefs, un condamné que la
cour d'assises est en train de faire à l'heure qu'il est.

Au détour du corridor, l'aumônier nous a rejoints. Il
venait de déjeuner.

Au sortir de la geôle, le directeur m'a pris affectueuse-
ment la main, et a renforcé mon escorte de quatre vétérans.

Devant la porte de l'infirmerie, un vieillard moribond
m'a crié : Au revoir !

Nous sommes arrivés dans la cour. J'ai respiré ; cela
m'a fait du bien.

Nous n'avons pas marché longtemps à l'air. Une voiture attelée de chevaux de poste stationnait dans la première cour ; c'est la même voiture qui m'avait amené ;
une espèce de cabriolet oblong, divisé en deux sections

par une grille transversale de fil de fer si épaisse qu'on la dirait tricotée. Les deux sections ont chacune une porte, l'une devant, l'autre derrière la carriole. Le tout si sale, si noir, si poudreux, que le corbillard des pauvres est un carrosse du sacre en comparaison.

Avant de m'ensevelir dans cette tombe à deux roues, j'ai jeté un regard dans la cour, un de ces regards désespérés devant lesquels il semble que les murs devraient crouler. La cour, espèce de petite place plantée d'arbres, était plus encombrée encore de spectateurs que pour les galériens. Déjà la foule !

Comme le jour du départ de la chaîne, il tombait une pluie de la saison, une pluie fine et glacée qui tombe encore à l'heure où j'écris, qui tombera sans doute toute la journée, qui durera plus que moi.

Les chemins étaient effondrés, la cour pleine de fange et d'eau. J'ai eu plaisir à voir cette foule dans cette boue.

Nous sommes montés, l'huissier et un gendarme, dans le compartiment de devant ; le prêtre, moi et un gendarme dans l'autre. Quatre gendarmes à cheval autour de la voiture. Ainsi, sans le postillon, huit hommes pour un homme.

Pendant que je montais, il y avait une vieille aux yeux gris qui disait : – J'aime encore mieux cela que la chaîne.

Je conçois. C'est un spectacle qu'on embrasse plus aisément d'un coup d'œil, c'est plus tôt vu. C'est tout aussi beau et plus commode. Rien ne vous distrait. Il n'y a qu'un homme, et sur cet homme seul autant de misère que sur tous les forçats à la fois. Seulement cela est moins éparpillé ; c'est une liqueur concentrée, bien plus savoureuse.

La voiture s'est ébranlée. Elle a fait un bruit sourd en passant sous la voûte de la grande porte, puis a débouché dans l'avenue, et les lourds battants de Bicêtre se sont refermés derrière elle. Je me sentais emporter avec stupeur, comme un homme tombé en léthargie qui ne peut ni remuer ni crier et qui entend qu'on l'enterre. J'écoutais vaguement les paquets de sonnettes pendus au cou des chevaux de poste sonner en cadence et comme par hoquets, les roues ferrées bruire sur le pavé ou cogner la caisse en changeant d'ornières, le galop sonore des gendarmes autour de la carriole, le fouet claquant du postillon. Tout cela me semblait comme un tourbillon qui m'emportait.

À travers le grillage d'un judas percé en face de moi, mes yeux s'étaient fixés machinalement sur l'inscription gravée en grosses lettres au-dessus de la grande porte de Bicêtre : HOSPICE DE LA VIEILLESSE.

– Tiens, me disais-je, il paraît qu'il y a des gens qui vieillissent là.

Et, comme on fait entre la veille et le sommeil, je retournais cette idée en tous sens dans mon esprit engourdi de douleur. Tout à coup la carriole, en passant de l'avenue dans la grande route, a changé le point de vue de la lucarne. Les tours de Notre-Dame sont venues s'y encadrer, bleues et à demi effacées dans la brume de Paris. Sur-le-champ le point de vue de mon esprit a changé aussi. J'étais devenu machine comme la voiture. À l'idée de Bicêtre a succédé l'idée des tours de Notre-Dame. – Ceux qui seront sur la tour où est le drapeau verront bien, me suis-je dit en souriant stupidement.

Je crois que c'est à ce moment-là que le prêtre s'est remis à me parler. Je l'ai laissé dire patiemment. J'avais déjà dans l'oreille le bruit des roues, le galop des chevaux, le fouet du postillon. C'était un bruit de plus.

J'écoutais en silence cette chute de paroles monotones qui assoupissaient ma pensée comme le murmure d'une fontaine, et qui passaient devant moi, toujours diverses et toujours les mêmes, comme les ormeaux tortus de la grande route, lorsque la voix brève et saccadée de l'huissier, placé sur le devant, est venue subitement me secouer.

– Eh bien ! monsieur l'abbé, disait-il avec un accent presque gai, qu'est-ce que vous savez de nouveau ?

C'est vers le prêtre qu'il se retournait en parlant ainsi.

L'aumônier, qui me parlait sans relâche, et que la voiture assourdissait, n'a pas répondu.

– Hé ! hé ! a repris l'huissier en haussant la voix pour avoir le dessus sur le bruit des roues ; infernale voiture !

Infernale ! En effet.

Il a continué :

– Sans doute, c'est le cahot ; on ne s'entend pas. Qu'est-ce que je voulais donc dire ? Faites-moi le plaisir de m'apprendre ce que je voulais dire, monsieur l'abbé ?

– Ah ! savez-vous la grande nouvelle de Paris, aujourd'hui ?

J'ai tressailli, comme s'il parlait de moi.

– Non, a dit le prêtre, qui avait enfin entendu, je n'ai pas eu le temps de lire les journaux ce matin. Je verrai cela ce soir. Quand je suis occupé comme cela toute la journée, je recommande au portier de me garder mes journaux, et je les lis en rentrant.

– Bah ! a repris l'huissier, il est impossible que vous ne sachiez pas cela. La nouvelle de Paris ! la nouvelle de ce matin !

J'ai pris la parole.

– Je crois la savoir.

L'huissier m'a regardé.

– Vous ! vraiment ! En ce cas, qu'en dites-vous ?

– Vous êtes curieux ! lui ai-je dit.

– Pourquoi, monsieur ? a répliqué l'huissier. Chacun a son opinion politique. Je vous estime trop pour croire que vous n'avez pas la vôtre. Quant à moi, je suis tout à fait d'avis du rétablissement de la garde nationale. J'étais sergent de ma compagnie, et, ma foi, c'était fort agréable.

Je l'ai interrompu.

– Je ne croyais pas que ce fût de cela qu'il s'agissait.

– Et de quoi donc ? vous disiez savoir la nouvelle…

– Je parlais d'une autre, dont Paris s'occupe aussi aujourd'hui.

L'imbécile n'a pas compris ; sa curiosité s'est éveillée.

– Une autre nouvelle ? Où diable avez-vous pu apprendre des nouvelles ? Laquelle, de grâce, mon cher monsieur ? Savez-vous ce que c'est, monsieur l'abbé ? êtes-vous plus au courant que moi ? Mettez-moi au fait, je vous prie. De quoi s'agit-il ? – Voyez-vous, j'aime les nouvelles. Je les conte à monsieur le président, et cela l'amuse.

Et mille billevesées. Il se tournait tour à tour vers le prêtre et vers moi, et je ne répondais qu'en haussant les épaules.

– Eh bien ! m'a-t-il dit, à quoi pensez-vous donc ?

– Je pense, ai-je répondu, que je ne penserai plus ce soir.

– Ah ! c'est cela ! a-t-il répliqué. Allons, vous êtes trop triste ! M. Castaing causait.

Puis, après un silence :

– J'ai conduit M. Papavoine ; il avait sa casquette de loutre et fumait son cigare. Quant aux jeunes gens de La Rochelle, ils ne parlaient qu'entre eux. Mais ils parlaient.

Il a fait encore une pause, et a poursuivi :

– Des fous ! des enthousiastes ! Ils avaient l'air de mépriser tout le monde. Pour ce qui est de vous, je vous trouve vraiment bien pensif, jeune homme.

– Jeune homme ! lui ai-je dit, je suis plus vieux que vous ; chaque quart d'heure qui s'écoule me vieillit d'une année.

Il s'est retourné, m'a regardé quelques minutes avec un étonnement inepte, puis s'est mis à ricaner lourdement.

– Allons, vous voulez rire, plus vieux que moi ! je serais votre grand-père.

– Je ne veux pas rire, lui ai-je répondu gravement.

Il a ouvert sa tabatière.

– Tenez, cher monsieur, ne vous fâchez pas ; une prise de tabac, et ne me gardez pas rancune.

– N'ayez pas peur ; je n'aurai pas longtemps à vous la garder.

En ce moment sa tabatière, qu'il me tendait, a rencontré le grillage qui nous séparait. Un cahot a fait qu'elle l'a heurté assez violemment et est tombée tout ouverte sous les pieds du gendarme.

– Maudit grillage ! s'est écrié l'huissier.

Il s'est tourné vers moi.

– Eh bien ! ne suis-je pas malheureux ? tout mon tabac est perdu !

– Je perds plus que vous, ai-je répondu en souriant.

Il a essayé de ramasser son tabac, en grommelant entre ses dents :

– Plus que moi ! cela est facile à dire. Pas de tabac jusqu'à Paris ! c'est terrible !

L'aumônier alors lui a adressé quelques paroles de consolation, et je ne sais si j'étais préoccupé, mais il m'a semblé que c'était la suite de l'exhortation dont j'avais eu le commencement. Peu à peu la conversation s'est engagée entre le prêtre et l'huissier ; je les ai laissés parler de leur côté, et je me suis mis à penser du mien.

En abordant la barrière, j'étais toujours préoccupé sans doute, mais Paris m'a paru faire un plus grand bruit qu'à l'ordinaire.

La voiture s'est arrêtée un moment devant l'octroi. Les douaniers de ville l'ont inspectée. Si c'eût été un mouton ou un bœuf qu'on eût mené à la boucherie, il aurait fallu leur jeter une bourse d'argent ; mais une tête humaine ne paye pas de droit. Nous avons passé.

Le boulevard franchi, la carriole s'est enfoncée au grand trot dans ces vieilles rues tortueuses du faubourg Saint-Marceau et de la Cité, qui serpentent et s'entrecoupent comme les mille chemins d'une fourmilière. Sur le pavé de ces rues étroites le roulement de la voiture est devenu si bruyant et si rapide, que je n'entendais plus rien du bruit extérieur. Quand je jetais les yeux par la petite lucarne carrée, il me semblait que le flot des passants s'arrêtait pour regarder la voiture, et que des bandes d'enfants couraient sur sa trace. Il m'a semblé aussi voir de temps en temps dans les carrefours çà et là un homme ou une vieille en haillons, quelquefois les deux ensemble, tenant en main une liasse de feuilles imprimées que les passants se disputaient, en ouvrant la bouche comme pour un grand cri.

Huit heures et demie sonnaient à l'horloge du Palais au moment où nous sommes arrivés dans la cour de la Conciergerie. La vue de ce grand escalier, de cette noire chapelle, de ces guichets sinistres, m'a glacé. Quand la voiture s'est arrêtée, j'ai cru que les battements de mon cœur allaient s'arrêter aussi.

J'ai recueilli mes forces ; la porte s'est ouverte avec la rapidité de l'éclair ; j'ai sauté à bas du cachot roulant, et je me suis enfoncé à grands pas sous la voûte entre deux haies de soldats. Il s'était déjà formé une foule sur mon passage.

XXIII

Tant que j'ai marché dans les galeries publiques du Palais de justice, je me suis senti presque libre et à l'aise ; mais toute ma résolution m'a abandonné quand on a ouvert devant moi des portes basses, des escaliers secrets, des couloirs intérieurs, de longs corridors étouffés et sourds, où il n'entre que ceux qui condamnent ou ceux qui sont condamnés.

L'huissier m'accompagnait toujours. Le prêtre m'avait quitté pour revenir dans deux heures ; il avait ses affaires.

On m'a conduit au cabinet du directeur, entre les mains duquel l'huissier m'a remis. C'était un échange. Le directeur l'a prié d'attendre un instant, lui annonçant qu'il allait avoir du *gibier* à lui remettre, afin qu'il le conduisît sur-le-champ à Bicêtre par le retour de la carriole. Sans doute le condamné d'aujourd'hui, celui qui doit coucher ce soir sur la botte de paille que je n'ai pas eu le temps d'user.

– C'est bon, a dit l'huissier au directeur, je vais attendre un moment ; nous ferons les deux procès-verbaux à la fois, cela s'arrange bien.

En attendant, on m'a déposé dans un petit cabinet attenant à celui du directeur. Là on m'a laissé seul, bien verrouillé.

Je ne sais à quoi je pensais, ni depuis combien de temps j'étais là, quand un brusque et violent éclat de rire à mon oreille m'a réveillé de ma rêverie.

J'ai levé les yeux en tressaillant. Je n'étais plus seul dans la cellule. Un homme s'y trouvait avec moi, un homme d'environ cinquante-cinq ans, de moyenne taille ; ridé, voûté, grisonnant ; à membres trapus ; avec un regard louche dans des yeux gris, un rire amer sur le visage ; sale, en guenilles, demi-nu, repoussant à voir.

Il paraît que la porte s'était ouverte, l'avait vomi, puis s'était refermée sans que je m'en fusse aperçu. Si la mort pouvait venir ainsi !

Nous nous sommes regardés quelques secondes fixement, l'homme et moi ; lui, prolongeant son rire qui ressemblait à un râle ; moi, demi-étonné, demi-effrayé.

– Qui êtes-vous ? lui ai-je dit enfin.

– Drôle de demande ! a-t-il répondu. Un friauche.

– Un friauche ! Qu'est-ce que cela veut dire ?

Cette question a redoublé sa gaieté.

– Cela veut dire, s'est-il écrié au milieu d'un éclat de rire, que le taule jouera au panier avec ma sorbonne dans six semaines, comme il va faire avec ta tronche dans six heures. – Ha ! ha ! il paraît que tu comprends maintenant.

En effet, j'étais pâle, et mes cheveux se dressaient. C'était l'autre condamné, le condamné du jour, celui qu'on attendait à Bicêtre, mon héritier.

Il a continué :

– Que veux-tu ? voilà mon histoire à moi. Je suis fils d'un bon peigre ; c'est dommage que Charlot* ait pris la peine un jour de lui attacher sa cravate. C'était quand régnait la potence, par la grâce de Dieu. À six ans, je n'avais plus ni père ni mère ; l'été, je faisais la roue dans la poussière au bord des routes, pour qu'on me jetât un sou par la portière des chaises de poste ; l'hiver, j'allais pieds nus dans la boue en soufflant dans mes doigts tout rouges ; on voyait mes cuisses à travers mon pantalon. À neuf ans, j'ai commencé à me servir de mes louches**, de temps en temps je vidais une fouillouse***, je filais une pelure**** ; à dix ans, j'étais un marlou*****. Puis j'ai fait des connaissances ; à dix-sept, j'étais un grinche******. Je forçais une boutanche, je faussais une tournante*******. On m'a pris. J'avais l'âge, on m'a envoyé ramer dans la petite marine********. Le bagne, c'est dur ; coucher sur une planche, boire de l'eau claire, manger du pain noir, traîner un imbécile de boulet qui ne sert à rien ; des coups de bâton et des coups de soleil. Avec cela on est tondu, et moi qui avais de beaux cheveux châtains !... N'importe ! j'ai fait mon temps. Quinze ans, cela s'arrache ! J'avais trente-

---

* Le bourreau.
** Mes mains.
*** Une poche.
**** Je volais un manteau.
***** Un filou.
****** Un voleur.
******* Je forçais une boutique, je faussais une clef.
******** Aux galères.

deux ans. Un beau matin on me donna une feuille de route et soixante-six francs que je m'étais amassés dans mes quinze ans de galères, en travaillant seize heures par jour, trente jours par mois, et douze mois par année. C'est égal, je voulais être honnête homme avec mes soixante-six francs, et j'avais de plus beaux sentiments sous mes guenilles qu'il n'y en a sous une serpillière de ratichon *. Mais que les diables soient avec le passeport ! il était jaune, et on avait écrit dessus *forçat libéré*. Il fallait montrer cela partout où je passais et le présenter tous les huit jours au maire du village où l'on me forçait de tapiquer **. La belle recommandation ! un galérien ! Je faisais peur, et les petits enfants se sauvaient, et l'on fermait les portes. Personne ne voulait me donner d'ouvrage. Je mangeai mes soixante-six francs. Et puis il fallut vivre. Je montrai mes bras bons au travail, on ferma les portes. J'offris ma journée pour quinze sous, pour dix sous, pour cinq sous. Point. Que faire ? Un jour, j'avais faim, je donnai un coup de coude dans le carreau d'un boulanger ; j'empoignai un pain, et le boulanger m'empoigna ; je ne mangeai pas le pain, et j'eus les galères à perpétuité, avec trois lettres de feu sur l'épaule. – Je te montrerai, si tu veux. – On appelle cette justice-là *la récidive*. Me voilà donc cheval de retour ***. On me remit à Toulon ; cette fois avec les bonnets verts ****. Il fallait m'évader. Pour cela, je n'avais que trois murs à percer, deux chaînes à couper, et j'avais un clou. Je m'évadai. On tira le canon d'alerte ; car, nous autres, nous sommes comme les cardinaux de Rome, habillés de rouge, et on tire le canon quand nous partons. Leur poudre alla aux moineaux. Cette fois, pas de passeport jaune, mais pas d'argent non plus. Je rencontrai des camarades qui avaient aussi fait leur temps ou cassé leur ficelle. Leur coire ***** me proposa d'être des leurs ; on faisait la grande soulasse sur le trimar ******. J'acceptai, et je me mis à tuer pour vivre. C'était tantôt une diligence,

---

* Une soutane d'abbé.
** Habiter.
*** Ramené au bagne.
**** Les condamnés à perpétuité.
***** Leur chef.
****** On assassinait sur les grands chemins.

tantôt une chaise de poste, tantôt un marchand de bœufs à cheval. On prenait l'argent, on laissait aller au hasard la bête ou la voiture, et l'on enterrait l'homme sous un arbre, en ayant soin que les pieds ne sortissent pas ; et puis on dansait sur la fosse, pour que la terre ne parût pas fraîchement remuée. J'ai vieilli comme cela, gîtant dans les broussailles, dormant aux belles étoiles, traqué de bois en bois, mais du moins libre et à moi. Tout a une fin, et autant celle-là qu'une autre. Les marchands de lacets *, une belle nuit, nous ont pris au collet. Mes fanandels ** se sont sauvés ; mais moi, le plus vieux, je suis resté sous la griffe de ces chats à chapeaux galonnés. On m'a amené ici. J'avais déjà passé par tous les échelons de l'échelle, excepté un. Avoir volé un mouchoir ou tué un homme, c'était tout un pour moi désormais ; il y avait encore une récidive à m'appliquer. Je n'avais plus qu'à passer par le faucheur ***. Mon affaire a été courte. Ma foi, je commençais à vieillir et à n'être plus bon à rien. Mon père a épousé la veuve ****, moi je me retire à l'abbaye de Mont'-à-Regret *****. – Voilà, camarade.

J'étais resté stupide en l'écoutant. Il s'est remis à rire plus haut encore qu'en commençant, et a voulu me prendre la main. J'ai reculé avec horreur.

– L'ami, m'a-t-il dit, tu n'as pas l'air brave. Ne va pas faire le sinvre devant la carline ******. Vois-tu, il y a un mauvais moment à passer sur la placarde *******; mais cela est sitôt fait ! Je voudrais être là pour te montrer la culbute. Mille dieux ! j'ai envie de ne pas me pourvoir, si l'on veut me faucher aujourd'hui avec toi. Le même prêtre nous servira à tous deux ; ça m'est égal d'avoir tes restes. Tu vois que je suis un bon garçon. Hein ! dis, veux-tu ? d'amitié !

Il a encore fait un pas pour s'approcher de moi.

---

* Les gendarmes.
** Camarades.
*** Le bourreau.
**** A été pendu.
***** La guillotine.
****** Le poltron devant la mort.
******* Place de Grève.

– Monsieur, lui ai-je répondu en le repoussant, je vous remercie.

Nouveaux éclats de rire à ma réponse.

– Ah ! ah ! monsieur, vousailles* êtes un marquis ! c'est un marquis !

Je l'ai interrompu :

– Mon ami, j'ai besoin de me recueillir, laissez-moi.

La gravité de ma parole l'a rendu pensif tout à coup. Il a remué sa tête grise et presque chauve ; puis, creusant avec ses ongles sa poitrine velue, qui s'offrait nue sous sa chemise ouverte :

– Je comprends, a-t-il murmuré entre ses dents ; au fait, le sanglier** !...

Puis, après quelques minutes de silence :

– Tenez, m'a-t-il dit presque timidement, vous êtes un marquis, c'est fort bien ; mais vous avez là une belle redingote qui ne vous servira plus à grand-chose ! le taule la prendra. Donnez-la-moi, je la vendrai pour avoir du tabac.

J'ai ôté ma redingote et je la lui ai donnée. Il s'est mis à battre des mains avec une joie d'enfant. Puis, voyant que j'étais en chemise et que je grelottais :

– Vous avez froid, monsieur, mettez ceci ; il pleut, et vous seriez mouillé ; et puis il faut être décemment sur la charrette.

En parlant ainsi, il ôtait sa grosse veste de laine grise et la passait dans mes bras. Je le laissais faire.

Alors j'ai été m'appuyer contre le mur, et je ne saurais dire quel effet me faisait cet homme. Il s'était mis à examiner la redingote que je lui avais donnée, et poussait à chaque instant des cris de joie.

– Les poches sont toutes neuves ! le collet n'est pas usé ! – j'en aurai au moins quinze francs. Quel bonheur ! du tabac pour mes six semaines !

La porte s'est rouverte. On venait nous chercher tous deux ; moi, pour me conduire à la chambre où les condamnés attendent l'heure ; lui, pour le mener à Bicêtre. Il s'est placé en riant au milieu du piquet qui devait l'emmener, et il disait aux gendarmes :

---

* Vous.
** Le prêtre.

– Ah çà ! ne vous trompez pas ; nous avons changé de pelure, monsieur et moi ; mais ne me prenez pas à sa place. Diable ! cela ne m'arrangerait pas, maintenant que j'ai de quoi avoir du tabac !

XXIV

Ce vieux scélérat, il m'a pris ma redingote, car je ne la lui ai pas donnée, et puis il m'a laissé cette guenille, sa veste infâme. De qui vais-je avoir l'air ?

Je ne lui ai pas laissé prendre ma redingote par insouciance ou par charité. Non ; mais parce qu'il était plus fort que moi. Si j'avais refusé, il m'aurait battu avec ses gros poings.

Ah bien oui, charité ! j'étais plein de mauvais sentiments. J'aurais voulu pouvoir l'étrangler de mes mains, le vieux voleur ! pouvoir le piler sous mes pieds !

Je me sens le cœur plein de rage et d'amertume. Je crois que la poche au fiel a crevé. La mort rend méchant.

XXV

Ils m'ont amené dans une cellule où il n'y a que les quatre murs, avec beaucoup de barreaux à la fenêtre et beaucoup de verrous à la porte, cela va sans dire.

J'ai demandé une table, une chaise, et ce qu'il faut pour écrire. On m'a apporté tout cela.

Puis j'ai demandé un lit. Le guichetier m'a regardé de ce regard étonné qui semble dire : – À quoi bon ?

Cependant ils ont dressé un lit de sangle dans le coin. Mais en même temps un gendarme est venu s'installer dans ce qu'ils appellent *ma chambre*. Est-ce qu'ils ont peur que je ne m'étrangle avec le matelas ?

XXVI

Il est dix heures.

Ô ma pauvre petite fille ! encore six heures, et je serai mort ! je serai quelque chose d'immonde qui traînera sur la table froide des amphithéâtres ; une tête qu'on moulera d'un côté, un tronc qu'on disséquera de l'autre ; puis de ce qui restera, on en mettra plein une bière, et le tout ira à Clamart.

Voilà ce qu'ils vont faire de ton père, ces hommes dont aucun ne me hait, qui tous me plaignent et tous pourraient me sauver. Ils vont me tuer. Comprends-tu cela, Marie ? me tuer de sang-froid, en cérémonie, pour le bien de la chose ! Ah ! grand Dieu !

Pauvre petite ! ton père, qui t'aimait tant, ton père qui baisait ton petit cou blanc et parfumé, qui passait la main sans cesse dans les boucles de tes cheveux comme sur de la soie, qui prenait ton joli visage rond dans sa main, qui te faisait sauter sur ses genoux, et le soir joignait tes deux petites mains pour prier Dieu !

Qui est-ce qui te fera tout cela maintenant ? Qui est-ce qui t'aimera ? Tous les enfants de ton âge auront des pères, excepté toi. Comment te déshabitueras-tu, mon enfant, du jour de l'an, des étrennes, des beaux joujoux, des bonbons et des baisers ? — Comment te déshabitueras-tu, malheureuse orpheline, de boire et de manger ?

Oh ! si ces jurés l'avaient vue, au moins, ma jolie petite Marie, ils auraient compris qu'il ne faut pas tuer le père d'un enfant de trois ans.

Et quand elle sera grande, si elle va jusque-là, que deviendra-t-elle ? Son père sera un des souvenirs du peuple de Paris. Elle rougira de moi et de mon nom ; elle sera méprisée, repoussée, vile à cause de moi, de moi qui l'aime de toutes les tendresses de mon cœur. Ô ma petite Marie bien-aimée ! Est-il bien vrai que tu auras honte et horreur de moi ?

Misérable ! quel crime j'ai commis, et quel crime je fais commettre à la société !

Oh ! est-il bien vrai que je vais mourir avant la fin du jour ? Est-il bien vrai que c'est moi ? Ce bruit sourd de cris que j'entends au-dehors, ce flot de peuple joyeux qui déjà se hâte sur les quais, ces gendarmes qui s'apprêtent dans leurs casernes, ce prêtre en robe noire, cet autre homme aux mains rouges, c'est pour moi ! c'est moi qui vais mourir ! moi, le même qui est ici, qui vit, qui se meut, qui respire, qui est assis à cette table, laquelle ressemble à une autre table, et pourrait bien être ailleurs ; moi, enfin, ce moi que je touche et que je sens, et dont le vêtement fait les plis que voilà !

XXVII

Encore si je savais comment cela est fait et de quelle façon on meurt là-dessus ; mais, c'est horrible, je ne le sais pas.

Le nom de la chose est effroyable, et je ne comprends point comment j'ai pu jusqu'à présent l'écrire et le prononcer.

La combinaison de ces dix lettres, leur aspect, leur physionomie est bien faite pour réveiller une idée épouvantable, et le médecin de malheur qui a inventé la chose avait un nom prédestiné.

L'image que j'y attache, à ce mot hideux, est vague, indéterminée, et d'autant plus sinistre. Chaque syllabe est comme une pièce de la machine. J'en construis et j'en démolis sans cesse dans mon esprit la monstrueuse charpente.

Je n'ose faire une question là-dessus, mais il est affreux de ne savoir ce que c'est, ni comment s'y prendre. Il paraît qu'il y a une bascule et qu'on vous couche sur le ventre...
– Ah ! mes cheveux blanchiront avant que ma tête ne tombe !

XXVIII

Je l'ai cependant entrevue une fois.

Je passais sur la place de Grève, en voiture, un jour, vers onze heures du matin. Tout à coup la voiture s'arrêta.

Il y avait foule sur la place. Je mis la tête à la portière. Une populace encombrait la Grève et le quai, et des femmes, des hommes, des enfants étaient debout sur le parapet. Au-dessus des têtes, on voyait une espèce d'estrade en bois rouge que trois hommes échafaudaient.

Un condamné devait être exécuté le jour même, et l'on bâtissait la machine.

Je détournai la tête avant d'avoir vu. À côté de la voiture, il y avait une femme qui disait à un enfant :

– Tiens, regarde ! le couteau coule mal, ils vont graisser la rainure avec un bout de chandelle.

C'est probablement là qu'ils en sont aujourd'hui. Onze heures viennent de sonner. Ils graissent sans doute la rainure.

Ah ! cette fois, malheureux, je ne détournerai pas la tête.

XXIX

Ô ma grâce ! ma grâce ! on me fera peut-être grâce. Le roi ne m'en veut pas. Qu'on aille chercher mon avocat ! vite l'avocat ! Je veux bien des galères. Cinq ans de galères, et que tout soit dit, – ou vingt ans, – ou à perpétuité avec le fer rouge. Mais grâce de la vie !

Un forçat, cela marche encore, cela va et vient, cela voit le soleil.

XXX

Le prêtre est revenu.

Il a des cheveux blancs, l'air très doux, une bonne et respectable figure ; c'est en effet un homme excellent et charitable. Ce matin, je l'ai vu vider sa bourse dans les mains des prisonniers. D'où vient que sa voix n'a rien qui émeuve et qui soit ému ? D'où vient qu'il ne m'a rien dit encore qui m'ait pris par l'intelligence ou par le cœur ?

Ce matin, j'étais égaré. J'ai à peine entendu ce qu'il m'a dit. Cependant ses paroles m'ont semblé inutiles, et je suis resté indifférent ; elles ont glissé comme cette pluie froide sur cette vitre glacée.

Cependant, quand il est rentré tout à l'heure près de moi, sa vue m'a fait du bien. C'est parmi tous ces hommes le seul qui soit encore homme pour moi, me suis-je dit. Et il m'a pris une ardente soif de bonnes et consolantes paroles.

Nous nous sommes assis, lui sur la chaise, moi sur le lit. Il m'a dit : – Mon fils… – Ce mot m'a ouvert le cœur. Il a continué :

– Mon fils, croyez-vous en Dieu ?

– Oui, mon père, lui ai-je répondu.

– Croyez-vous en la Sainte Église catholique, apostolique et romaine ?

– Volontiers, lui ai-je dit.

– Mon fils, a-t-il repris, vous avez l'air de douter.

Alors il s'est mis à parler. Il a parlé longtemps ; il a dit beaucoup de paroles ; puis, quand il a cru avoir fini, il s'est levé et m'a regardé pour la première fois depuis le commencement de son discours, en m'interrogeant :

– Eh bien ?

Je proteste que je l'avais écouté avec avidité d'abord, puis avec attention, puis avec dévouement.

Je me suis levé aussi.

– Monsieur, lui ai-je répondu, laissez-moi seul, je vous prie.

Il m'a demandé :

– Quand reviendrai-je ?

– Je vous le ferai savoir.

Alors il est sorti sans rien dire, mais en hochant la tête, comme se disant à lui-même :

– Un impie !

Non, si bas que je sois tombé, je ne suis pas un impie, et Dieu m'est témoin que je crois en lui. Mais que m'a-t-il dit, ce vieillard ? rien de senti, rien d'attendri, rien de pleuré, rien d'arraché de l'âme, rien qui vînt de son cœur pour aller au mien, rien qui fût de lui à moi. Au contraire, je ne sais quoi de vague, d'inaccentué, d'applicable à tout et à tous ; emphatique où il eût été besoin de profondeur, plat où il eût fallu être simple ; une espèce de sermon senti-mental et d'élégie théologique. Çà et là, une citation latine en latin. Saint Augustin, saint Grégoire, que sais-je ? Et puis, il avait l'air de réciter une leçon déjà vingt fois récitée, de repasser un thème, oblitéré dans sa mémoire à force d'être su. Pas un regard dans l'œil, pas un accent dans la voix, pas un geste dans les mains.

Et comment en serait-il autrement ? Ce prêtre est l'aumônier en titre de la prison. Son état est de consoler et d'exhorter, et il vit de cela. Les forçats, les patients sont du ressort de son éloquence. Il les confesse et les assiste, parce qu'il a sa place à faire. Il a vieilli à mener des hommes mourir. Depuis longtemps il est habitué à ce qui fait frissonner les autres ; ses cheveux, bien poudrés à blanc, ne se dressent plus ; le bagne et l'échafaud sont de tous les jours pour lui. Il est blasé. Probablement il a son cahier ; telle page les galériens, telle page les condamnés à mort. On l'avertit la veille qu'il y aura quelqu'un à consoler le lendemain à telle heure ; il demande ce que c'est, galérien ou supplicié, et relit la page ; et puis il vient. De cette façon, il advient que ceux qui vont à Toulon et ceux qui vont à la Grève sont un lieu commun pour lui, et qu'il est un lieu commun pour eux.

Oh ! qu'on m'aille donc, au lieu de cela, chercher quelque jeune vicaire, quelque vieux curé, au hasard, dans la première paroisse venue ; qu'on le prenne au coin de son feu, lisant son livre et ne s'attendant à rien, et qu'on lui dise :

– Il y a un homme qui va mourir, et il faut que ce soit vous qui le consoliez. Il faut que vous soyez là quand on lui liera les mains, là quand on lui coupera les cheveux ; que vous montiez dans sa charrette avec votre crucifix pour lui cacher le bourreau ; que vous soyez cahoté avec lui par le pavé jusqu'à la Grève ; que vous traversiez avec lui l'horrible foule buveuse de sang ; que vous l'embrassiez au pied de l'échafaud, et que vous restiez jusqu'à ce que la tête soit ici et le corps là.

Alors, qu'on me l'amène, tout palpitant, tout frissonnant de la tête aux pieds ; qu'on me jette entre ses bras, à ses genoux ; et il pleurera, et nous pleurerons, et il sera éloquent, et je serai consolé, et mon cœur se dégonflera dans le sien, et il prendra mon âme, et je prendrai son Dieu.

Mais, ce bon vieillard, qu'est-il pour moi ? que suis-je pour lui ? un individu de l'espèce malheureuse, une ombre comme il en a déjà tant vu, une unité à ajouter au chiffre des exécutions.

J'ai peut-être tort de le repousser ainsi ; c'est lui qui est bon et moi qui suis mauvais. Hélas ! ce n'est pas ma faute. C'est mon souffle de condamné qui gâte et flétrit tout.

On vient de m'apporter de la nourriture ; ils ont cru que je devais avoir besoin. Une table délicate et recherchée, un poulet, il me semble, et autre chose encore. Eh bien ! j'ai essayé de manger ; mais, à la première bouchée, tout est tombé de ma bouche, tant cela m'a paru amer et fétide !

XXXI

Il vient d'entrer un monsieur, le chapeau sur la tête, qui m'a à peine regardé, puis a ouvert un pied-de-roi et s'est mis à mesurer de bas en haut les pierres du mur, parlant d'une voix très haute pour dire tantôt : *C'est cela* ; tantôt : *Ce n'est pas cela.*

J'ai demandé au gendarme qui c'était. Il paraît que c'est une espèce de sous-architecte employé à la prison.

De son côté, sa curiosité s'est éveillée sur mon compte. Il a échangé quelques demi-mots avec le porte-clefs qui l'accompagnait ; puis a fixé un instant les yeux sur moi, a secoué la tête d'un air insouciant, et s'est remis à parler à haute voix et à prendre des mesures.

Sa besogne finie, il s'est approché de moi en me disant avec sa voix éclatante :

— Mon bon ami, dans six mois cette prison sera beaucoup mieux.

Et son geste semblait ajouter :

— Vous n'en jouirez pas, c'est dommage.

Il souriait presque. J'ai cru voir le moment où il allait me railler doucement, comme on plaisante une jeune mariée le soir de ses noces.

Mon gendarme, vieux soldat à chevrons, s'est chargé de la réponse.

— Monsieur, lui a-t-il dit, on ne parle pas si haut dans la chambre d'un mort.

L'architecte s'en est allé.

Moi, j'étais là, comme une des pierres qu'il mesurait.

XXXII

Et puis, il m'est arrivé une chose ridicule.

On est venu relever mon bon vieux gendarme, auquel, ingrat égoïste que je suis, je n'ai seulement pas serré la main. Un autre l'a remplacé, homme à front déprimé, des yeux de bœuf, une figure inepte.

Au reste, je n'y avais fait aucune attention. Je tournais le dos à la porte, assis devant la table ; je tâchais de rafraîchir mon front avec ma main, et mes pensées troublaient mon esprit.

Un léger coup, frappé sur mon épaule, m'a fait tourner la tête. C'était le nouveau gendarme, avec qui j'étais seul.

Voici à peu près de quelle façon il m'a adressé la parole.

— Criminel, avez-vous bon cœur ?

— Non, lui ai-je dit.

La brusquerie de ma réponse a paru le déconcerter. Cependant il a repris en hésitant :

— On n'est pas méchant pour le plaisir de l'être.

– Pourquoi non ? ai-je répliqué. Si vous n'avez que cela à me dire, laissez-moi. Où voulez-vous en venir ?

– Pardon, mon criminel, a-t-il répondu. Deux mots seulement. Voici. Si vous pouviez faire le bonheur d'un pauvre homme, et que cela ne vous coûtât rien, est-ce que vous ne le feriez pas ?

J'ai haussé les épaules.

– Est-ce que vous arrivez de Charenton ? Vous choisissez un singulier vase pour y puiser du bonheur. Moi, faire le bonheur de quelqu'un !

Il a baissé la voix et pris un air mystérieux, ce qui n'allait pas à sa figure idiote.

– Oui, criminel, oui bonheur, oui fortune. Tout cela me sera venu de vous. Voici. Je suis un pauvre gendarme. Le service est lourd, la paye est légère ; mon cheval est à moi et me ruine. Or, je mets à la loterie pour contrebalancer. Il faut bien avoir une industrie. Jusqu'ici il ne m'a manqué pour gagner que d'avoir de bons numéros. J'en cherche partout de sûrs ; je tombe toujours à côté. Je mets le 76 ; il sort le 77. J'ai beau les nourrir[1], ils ne viennent pas…

– Un peu de patience, s'il vous plaît ; je suis à la fin.

– Or, voici une belle occasion pour moi. Il paraît, pardon, criminel, que vous passez aujourd'hui. Il est certain que les morts qu'on fait périr comme cela voient la loterie d'avance. Promettez-moi de venir demain soir, qu'est-ce que cela vous fait ? me donner trois numéros, trois bons. Hein ? – Je n'ai pas peur des revenants, soyez tranquille. – Voici mon adresse : Caserne Popincourt, escalier A, n° 26, au fond du corridor. Vous me reconnaîtrez bien, n'est-ce pas ? – Venez même ce soir, si cela vous est plus commode.

J'aurais dédaigné de lui répondre, à cet imbécile, si une espérance folle ne m'avait traversé l'esprit. Dans la position désespérée où je suis, on croit par moments qu'on briserait une chaîne avec un cheveu.

– Écoute, lui ai-je dit en faisant le comédien autant que le peut faire celui qui va mourir, je puis en effet te rendre plus riche que le roi, te faire gagner des millions. – À une condition.

---

1. « Nourrir un numéro » : le jouer jusqu'à ce qu'il sorte.

Il ouvrait des yeux stupides.

– Laquelle ? laquelle ? tout pour vous plaire, mon criminel.

– Au lieu de trois numéros, je t'en promets quatre. Change d'habits avec moi.

– Si ce n'est que cela ! s'est-il écrié en défaisant les premières agrafes de son uniforme.

Je m'étais levé de ma chaise. J'observais tous ses mouvements, mon cœur palpitait. Je voyais déjà les portes s'ouvrir devant l'uniforme de gendarme, et la place, et la rue, et le Palais de justice derrière moi !

Mais il s'est retourné d'un air indécis.

– Ah çà ! ce n'est pas pour sortir d'ici ?

J'ai compris que tout était perdu. Cependant j'ai tenté un dernier effort, bien inutile et bien insensé !

– Si fait, lui ai-je dit, mais ta fortune est faite…

Il m'a interrompu.

– Ah bien non ! tiens ! et mes numéros ! pour qu'ils soient bons, il faut que vous soyez mort.

Je me suis rassis, muet et plus désespéré de toute l'espérance que j'avais eue.

XXXIII

J'ai fermé les yeux, et j'ai mis les mains dessus, et j'ai tâché d'oublier le présent dans le passé. Tandis que je rêve, les souvenirs de mon enfance et de ma jeunesse me reviennent un à un, doux, calmes, riants, comme des îles de fleurs sur ce gouffre de pensées noires et confuses qui tourbillonnent dans mon cerveau.

Je me revois enfant, écolier rieur et frais, jouant, courant, criant avec mes frères dans la grande allée verte de ce jardin sauvage où ont coulé mes premières années, ancien enclos de religieuses que domine de sa tête de plomb le sombre dôme du Val-de-Grâce.

Et puis, quatre ans plus tard, m'y voilà encore, toujours enfant, mais déjà rêveur et passionné. Il y a une jeune fille dans le solitaire jardin.

La petite Espagnole, avec ses grands yeux et ses grands cheveux, sa peau brune et dorée, ses lèvres rouges et ses joues roses, l'Andalouse de quatorze ans, Pepa.

Nos mères nous ont dit d'aller courir ensemble ; nous sommes venus nous promener.

On nous a dit de jouer, et nous causons, enfants du même âge, non du même sexe.

Pourtant, il n'y a encore qu'un an, nous courions, nous luttions ensemble. Je disputais à Pepita la plus belle pomme du pommier ; je la frappais pour un nid d'oiseau. Elle pleurait ; je disais : C'est bien fait ! et nous allions tous deux nous plaindre ensemble à nos mères, qui nous donnaient tort tout haut et raison tout bas.

Maintenant elle s'appuie sur mon bras, et je suis tout fier et tout ému. Nous marchons lentement, nous parlons bas. Elle laisse tomber son mouchoir ; je le lui ramasse. Nos mains tremblent en se touchant. Elle me parle des petits oiseaux, de l'étoile qu'on voit là-bas, du couchant vermeil derrière les arbres, ou bien de ses amies de pension, de sa robe et de ses rubans. Nous disons des choses innocentes, et nous rougissons tous deux. La petite fille est devenue jeune fille.

Ce soir-là, – c'était un soir d'été, nous étions sous les marronniers, au fond du jardin. Après un de ces longs silences qui remplissaient nos promenades, elle quitta tout à coup mon bras et me dit : Courons !

Je la vois encore ; elle était tout en noir, en deuil de sa grand-mère. Il lui passa par la tête une idée d'enfant, Pepa redevint Pepita, elle me dit : Courons !

Et elle se mit à courir devant moi avec sa taille fine comme le corset d'une abeille et ses petits pieds qui relevaient sa robe jusqu'à mi-jambe. Je la poursuivis, elle fuyait ; le vent de sa course soulevait par moments sa pèlerine noire, et me laissait voir son dos brun et frais.

J'étais hors de moi. Je l'atteignis près du vieux puisard en ruine ; je la pris par la ceinture, du droit de victoire, et je la fis asseoir sur un banc de gazon ; elle ne résista pas. Elle était essoufflée et riait. Moi, j'étais sérieux, et je regardais ses prunelles noires à travers ses cils noirs.

– Asseyez-vous là, me dit-elle. Il fait encore grand jour, lisons quelque chose. Avez-vous un livre ?

J'avais sur moi le tome second des *Voyages* de Spallan-zani. J'ouvris au hasard, je me rapprochai d'elle, elle appuya son épaule à mon épaule, et nous nous mîmes à lire chacun de notre côté, tout bas, la même page. Avant de tourner le feuillet, elle était toujours obligée de m'attendre. Mon esprit allait moins vite que le sien.

Avez-vous fini ? me disait-elle, que j'avais à peine commencé.

Cependant nos têtes se touchaient, nos cheveux se mêlaient, nos haleines peu à peu se rapprochèrent, et nos bouches tout à coup.

Quand nous voulûmes continuer notre lecture, le ciel était étoilé.

– Oh ! maman, maman, dit-elle en rentrant, si tu savais comme nous avons couru !

Moi, je gardais le silence.

– Tu ne dis rien, me dit ma mère, tu as l'air triste.

J'avais le paradis dans le cœur.

C'est une soirée que je me rappellerai toute ma vie.

Toute ma vie !

XXXIV

Une heure vient de sonner, je ne sais laquelle ; j'entends mal le marteau de l'horloge. Il me semble que j'ai un bruit d'orgue dans les oreilles ; ce sont mes dernières pensées qui bourdonnent.

À ce moment suprême où je me recueille dans mes sou-venirs, j'y retrouve mon crime avec horreur ; mais je vou-drais me repentir davantage encore. J'avais plus de remords avant ma condamnation ; depuis, il semble qu'il n'y ait plus de place que pour les pensées de mort. Pour-tant, je voudrais bien me repentir beaucoup.

Quand j'ai rêvé une minute à ce qu'il y a de passé dans ma vie, et que j'en reviens au coup de hache qui doit la ter-miner tout à l'heure, je frissonne comme d'une chose nou-velle. Ma belle enfance ! ma belle jeunesse ! étoffe dorée dont l'extrémité est sanglante. Entre alors et à présent il y a une rivière de sang ; le sang de l'autre et le mien.

Si on lit un jour mon histoire, après tant d'années d'innocence et de bonheur, on ne voudra pas croire à cette année exécrable, qui s'ouvre par un crime et se clôt par un supplice ; elle aura l'air dépareillée.

Et pourtant, misérables lois et misérables hommes, je n'étais pas un méchant !

Oh ! mourir dans quelques heures, et penser qu'il y a un an, à pareil jour, j'étais libre et pur, que je faisais mes promenades d'automne, que j'errais sous les arbres, et que je marchais dans les feuilles !

XXXV

En ce moment même, il y a tout auprès de moi, dans ces maisons qui font cercle autour du Palais et de la Grève, et partout dans Paris, des hommes qui vont et viennent, causent et rient, lisent le journal, pensent à leurs affaires ; des marchands qui vendent ; des jeunes filles qui préparent leurs robes de bal pour ce soir ; des mères qui jouent avec leurs enfants !

XXXVI

Je me souviens qu'un jour, étant enfant, j'allai voir le bourdon de Notre-Dame.

J'étais déjà étourdi d'avoir monté le sombre escalier en colimaçon, d'avoir parcouru la frêle galerie qui lie les deux tours, d'avoir eu Paris sous les pieds, quand j'entrai dans la cage de pierre et de charpente où pend le bourdon avec son battant, qui pèse un millier.

J'avançai en tremblant sur les planches mal jointes, regardant à distance cette cloche si fameuse parmi les enfants et le peuple de Paris, et ne remarquant pas sans effroi que les auvents couverts d'ardoises qui entourent le clocher de leurs plans inclinés étaient au niveau de mes pieds. Dans les intervalles, je voyais, en quelque sorte à vol d'oiseau, la place du Parvis-Notre-Dame, et les passants comme des fourmis.

Tout à coup l'énorme cloche tinta ; une vibration profonde remua l'air, fit osciller la lourde tour. Le plancher sautait sur les poutres. Le bruit faillit me renverser ; je chancelai, prêt à tomber, prêt à glisser sur les auvents d'ardoises en pente. De terreur, je me couchai sur les planches, les serrant étroitement de mes deux bras, sans parole, sans haleine, avec ce formidable tintement dans les oreilles, et, sous les yeux, ce précipice, cette place profonde où se croisaient tant de passants paisibles et enviés.

Eh bien ! il me semble que je suis encore dans la tour du bourdon. C'est tout ensemble un étourdissement et un éblouissement. Il y a comme un bruit de cloche qui ébranle les cavités de mon cerveau, et autour de moi je n'aperçois plus cette vie plane et tranquille que j'ai quittée, et où les autres hommes cheminent encore, que de loin et à travers les crevasses d'un abîme.

XXXVII

L'Hôtel de Ville est un édifice sinistre.

Avec son toit aigu et roide, son clocheton bizarre, son grand cadran blanc, ses étages à petites colonnes, ses mille croisées, ses escaliers usés par les pas, ses deux arches à droite et à gauche, il est là, de plain-pied avec la Grève ; sombre, lugubre, la face toute rongée de vieillesse, et si noir, qu'il est noir au soleil.

Les jours d'exécution, il vomit des gendarmes de toutes ses portes, et regarde le condamné avec toutes ses fenêtres.

Et le soir, son cadran, qui a marqué l'heure, reste lumineux sur sa façade ténébreuse.

XXXVIII

Il est une heure et quart.

Voici ce que j'éprouve maintenant :

Une violente douleur de tête, les reins froids, le front brûlant. Chaque fois que je me lève ou que je me penche, il me semble qu'il y a un liquide qui flotte dans mon cerveau, et qui fait battre ma cervelle contre les parois du crâne.

J'ai des tressaillements convulsifs, et de temps en temps la plume tombe de mes mains comme par une secousse galvanique.

Les yeux me cuisent comme si j'étais dans la fumée.

J'ai mal dans les coudes.

Encore deux heures et quarante-cinq minutes, et je serai guéri.

XXXIX

Ils disent que ce n'est rien, qu'on ne souffre pas, que c'est une fin douce, que la mort de cette façon est bien simplifiée.

Eh ! qu'est-ce donc que cette agonie de six semaines et ce râle de tout un jour ? Qu'est-ce que les angoisses de cette journée irréparable, qui s'écoule si lentement et si vite ? Qu'est-ce que cette échelle de tortures qui aboutit à l'échafaud ?

Apparemment ce n'est pas là souffrir.

Ne sont-ce pas les mêmes convulsions, que le sang s'épuise goutte à goutte, ou que l'intelligence s'éteigne pensée à pensée ?

Et puis, on ne souffre pas, en sont-ils sûrs ? Qui le leur a dit ? Conte-t-on que jamais une tête coupée se soit dressée sanglante au bord du panier, et qu'elle ait crié au peuple : Cela ne fait pas de mal !

Y a-t-il des morts de leur façon qui soient venus les remercier et leur dire : C'est bien inventé. Tenez-vous-en là. La mécanique est bonne.

Est-ce Robespierre ? Est-ce Louis XVI ?...

Non, rien ! moins qu'une minute, moins qu'une seconde, et la chose est faite. – Se sont-ils jamais mis, seulement en pensée, à la place de celui qui est là, au moment où le lourd tranchant qui tombe mord la chair, rompt les nerfs, brise les vertèbres... Mais quoi ! une demi-seconde ! la douleur est escamotée... Horreur !

XL

Il est singulier que je pense sans cesse au roi[1]. J'ai beau faire, beau secouer la tête, j'ai une voix dans l'oreille qui me dit toujours :

– Il y a dans cette même ville, à cette même heure, et pas bien loin d'ici, dans un autre palais, un homme qui a aussi des gardes à toutes ses portes, un homme unique comme toi dans le peuple, avec cette différence qu'il est aussi haut que tu es bas. Sa vie entière, minute par minute, n'est que gloire, grandeur, délices, enivrement. Tout est autour de lui amour, respect, vénération. Les voix les plus hautes deviennent basses en lui parlant et les fronts les plus fiers ploient. Il n'a que de la soie et de l'or sous les yeux. À cette heure, il tient quelque conseil de ministres où tous sont de son avis ; ou bien songe à la chasse de demain, au bal de ce soir, sûr que la fête viendra à l'heure, et laissant à d'autres le travail de ses plaisirs. Eh bien ! cet homme est de chair et d'os comme toi ! – Et pour qu'à l'instant même l'horrible échafaud s'écroulât, pour que tout te fût rendu, vie, liberté, fortune, famille, il suffirait qu'il écrivît avec cette plume les sept lettres de son nom au bas d'un morceau de papier, ou même que son carrosse rencontrât ta charrette ! – Et il est bon, et il ne demanderait pas mieux peut-être, et il n'en sera rien !

_____
1. Charles X.

XLI

Eh bien donc ! ayons courage avec la mort, prenons cette horrible idée à deux mains, et considérons-la en face. Demandons-lui compte de ce qu'elle est, sachons ce qu'elle nous veut, retournons-la en tous sens, épelons l'énigme, et regardons d'avance dans le tombeau.

Il me semble que, dès que mes yeux seront fermés, je verrai une grande clarté et des abîmes de lumière où mon esprit roulera sans fin. Il me semble que le ciel sera lumineux de sa propre essence, que les astres y feront des taches obscures, et qu'au lieu d'être comme pour les yeux vivants des paillettes d'or sur du velours noir, ils sembleront des points noirs sur du drap d'or.

Ou bien, misérable que je suis, ce sera peut-être un gouffre hideux, profond, dont les parois seront tapissées de ténèbres, et où je tomberai sans cesse en voyant des formes remuer dans l'ombre.

Ou bien, en m'éveillant après le coup, je me trouverai peut-être sur quelque surface plane et humide, rampant dans l'obscurité et tournant sur moi-même comme une tête qui roule. Il me semble qu'il y aura un grand vent qui me poussera, et que je serai heurté çà et là par d'autres têtes roulantes. Il y aura par places des mares et des ruisseaux d'un liquide inconnu et tiède ; tout sera noir. Quand mes yeux, dans leur rotation, seront tournés en haut, ils ne verront qu'un ciel d'ombre, dont les couches épaisses pèseront sur eux, et au loin dans le fond de grandes arches de fumée plus noires que les ténèbres. Ils verront aussi voltiger dans la nuit de petites étincelles rouges, qui, en s'approchant, deviendront des oiseaux de feu. Et ce sera ainsi toute l'éternité.

Il se peut bien aussi qu'à certaines dates les morts de la Grève se rassemblent par de noires nuits d'hiver sur la place qui est à eux. Ce sera une foule pâle et sanglante, et je n'y manquerai pas. Il n'y aura pas de lune, et l'on parlera à voix basse. L'Hôtel de Ville sera là, avec sa façade vermoulue, son toit déchiqueté, et son cadran qui aura été sans pitié pour tous. Il y aura sur la place une guillotine de l'enfer, où un démon exécutera un bourreau ; ce sera à quatre heures du matin. À notre tour nous ferons foule autour.

Il est probable que cela est ainsi. Mais si ces morts-là reviennent, sous quelle forme reviennent-ils ? Que gardent-ils de leur corps incomplet et mutilé ? Que choisissent-ils ? Est-ce la tête ou le tronc qui est spectre ?

Hélas ! qu'est-ce que la mort fait avec notre âme ? quelle nature lui laisse-t-elle ? qu'a-t-elle à lui prendre ou à lui donner ? où la met-elle ? lui prête-t-elle quelquefois des yeux de chair pour regarder sur la terre et pleurer ?

Ah ! un prêtre ! un prêtre qui sache cela ! Je veux un prêtre, et un crucifix à baiser !

Mon Dieu, toujours le même !

XLII

Je l'ai prié de me laisser dormir, et je me suis jeté sur le lit.

En effet, j'avais un flot de sang dans la tête, qui m'a fait dormir. C'est mon dernier sommeil, de cette espèce.

J'ai fait un rêve[1].

J'ai rêvé que c'était la nuit. Il me semblait que j'étais dans mon cabinet avec deux ou trois de mes amis, je ne sais plus lesquels.

Ma femme était couchée dans la chambre à coucher, à côté, et dormait avec son enfant.

Nous parlions à voix basse, mes amis et moi, et ce que nous disions nous effrayait.

Tout à coup il me sembla entendre un bruit quelque part dans les autres pièces de l'appartement ; un bruit faible, étrange, indéterminé.

Mes amis avaient entendu comme moi. Nous écoutâmes ; c'était comme une serrure qu'on ouvre sourdement, comme un verrou qu'on scie à petit bruit.

---

1. Hugo transcrit ici un rêve qui l'a « longtemps poursuivi ». Voir *Le Journal d'Adèle Hugo (1854)*, éd. F.-V. Guille, Minard, t. III, 1984, p. 187 et 200.

Il y avait quelque chose qui nous glaçait ; nous avions peur. Nous pensâmes que peut-être c'étaient des voleurs qui s'étaient introduits chez moi, à cette heure si avancée de la nuit.

Nous résolûmes d'aller voir. Je me levai, je pris la bougie. Mes amis me suivaient, un à un.

Nous traversâmes la chambre à coucher, à côté. Ma femme dormait avec son enfant.

Puis nous arrivâmes dans le salon. Rien. Les portraits étaient immobiles dans leurs cadres d'or sur la tenture rouge. Il me sembla que la porte du salon à la salle à manger n'était point à sa place ordinaire.

Nous entrâmes dans la salle à manger ; nous en fîmes le tour. Je marchais le premier. La porte sur l'escalier était bien fermée, les fenêtres aussi. Arrivé près du poêle, je vis que l'armoire au linge était ouverte, et que la porte de cette armoire était tirée sur l'angle du mur, comme pour le cacher.

Cela me surprit. Nous pensâmes qu'il y avait quelqu'un derrière la porte.

Je portai la main à cette porte pour refermer l'armoire ; elle résista. Étonné, je tirai plus fort, elle céda brusquement, et nous découvrit une petite vieille, les mains pendantes, les yeux fermés, immobile, debout, et comme collée dans l'angle du mur.

Cela avait quelque chose de hideux, et mes cheveux se dressent d'y penser.

Je demandai à la vieille :

– Que faites-vous là ?

Elle ne répondit pas.

Je lui demandai :

– Qui êtes-vous ?

Elle ne répondit pas, ne bougea pas, et resta les yeux fermés.

Mes amis dirent :

– C'est sans doute la complice de ceux qui sont entrés avec de mauvaises pensées ; ils se sont échappés en nous entendant venir ; elle n'aura pu fuir, et s'est cachée là.

Je l'ai interrogée de nouveau ; elle est demeurée sans voix, sans mouvement, sans regard.

Un de nous l'a poussée à terre, elle est tombée.

Elle est tombée tout d'une pièce, comme un morceau de bois, comme une chose morte.

Nous l'avons remuée du pied, puis deux de nous l'ont relevée et de nouveau appuyée au mur. Elle n'a donné aucun signe de vie. On lui a crié dans l'oreille, elle est restée muette comme si elle était sourde.

Cependant, nous perdions patience, et il y avait de la colère dans notre terreur. Un de nous m'a dit :

– Mettez-lui la bougie sous le menton.

Je lui ai mis la mèche enflammée sous le menton. Alors elle a ouvert un œil à demi, un œil vide, terne, affreux, et qui ne regardait pas.

J'ai ôté la flamme et j'ai dit :

– Ah ! enfin ! répondras-tu, vieille sorcière ? Qui es-tu ?

L'œil s'est refermé comme de lui-même.

– Pour le coup, c'est trop fort, ont dit les autres. Encore la bougie ! encore ! il faudra bien qu'elle parle.

J'ai replacé la lumière sous le menton de la vieille.

Alors, elle a ouvert ses deux yeux lentement, nous a regardés tous les uns après les autres, puis, se baissant brusquement, a soufflé la bougie avec un souffle glacé. Au même moment j'ai senti trois dents aiguës s'imprimer sur ma main dans les ténèbres.

Je me suis réveillé, frissonnant et baigné d'une sueur froide.

Le bon aumônier était assis au pied de mon lit, et lisait des prières.

– Ai-je dormi longtemps ? lui ai-je demandé.

– Mon fils, m'a-t-il dit, vous avez dormi une heure. On vous a amené votre enfant. Elle est là dans la pièce voisine qui vous attend. Je n'ai pas voulu qu'on vous éveillât.

– Oh ! ai-je crié. Ma fille ! qu'on m'amène ma fille !

XLIII

Elle est fraîche, elle est rose, elle a de grands yeux, elle est belle !

On lui a mis une petite robe qui lui va bien.

Je l'ai prise, je l'ai enlevée dans mes bras, je l'ai assise sur mes genoux, je l'ai baisée sur ses cheveux.

Pourquoi pas avec sa mère ? – Sa mère est malade, sa grand-mère aussi. C'est bien.

Elle me regardait d'un air étonné. Caressée, embrassée, dévorée de baisers et se laissant faire, mais jetant de temps en temps un coup d'œil inquiet sur sa bonne, qui pleurait dans le coin.

Enfin j'ai pu parler.

– Marie ! ai-je dit, ma petite Marie !

Je la serrais violemment contre ma poitrine enflée de sanglots. Elle a poussé un petit cri.

– Oh ! vous me faites du mal, monsieur, m'a-t-elle dit.

Monsieur ! il y a bientôt un an qu'elle ne m'a vu, la pauvre enfant. Elle m'a oublié, visage, parole, accent ; et puis, qui me reconnaîtrait avec cette barbe, ces habits et cette pâleur ? Quoi ! déjà effacé de cette mémoire, la seule où j'eusse voulu vivre ! Quoi ! déjà plus père ! être condamné à ne plus entendre ce mot, ce mot de la langue, des enfants, si doux qu'il ne peut rester dans celle des hommes : *papa !*

Et pourtant l'entendre de cette bouche, encore une fois, une seule fois, voilà tout ce que j'eusse demandé pour les quarante ans de vie qu'on me prend.

– Écoute, Marie, lui ai-je dit en joignant ses deux petites mains dans les miennes, est-ce que tu ne me connais point ?

Elle m'a regardé avec ses beaux yeux, et a répondu :

– Ah bien non !

– Regarde bien, ai-je répété. Comment, tu ne sais pas qui je suis ?

– Si, a-t-elle dit. Un monsieur.

Hélas ! n'aimer ardemment qu'un seul être au monde, l'aimer avec tout son amour, et l'avoir devant soi, qui vous voit et vous regarde, vous parle et vous répond, et ne vous connaît pas ! Ne vouloir de consolation que de lui, et qu'il soit le seul qui ne sache pas qu'il vous en faut parce que vous allez mourir !

– Marie, ai-je repris, as-tu un papa ?

– Oui, monsieur, a dit l'enfant.

– Eh bien, où est-il ?

Elle a levé ses grands yeux étonnés.

– Ah ! vous ne savez donc pas ? il est mort.

Puis elle a crié ; j'avais failli la laisser tomber.

– Mort ! disais-je. Marie, sais-tu ce que c'est qu'être mort ?

– Oui, monsieur, a-t-elle répondu. Il est dans la terre et dans le ciel.

Elle a continué d'elle-même :

– Je prie le bon Dieu pour lui matin et soir sur les genoux de maman.

Je l'ai baisée au front.

– Marie, dis-moi ta prière.

– Je ne peux pas, monsieur. Une prière, cela ne se dit pas dans le jour. Venez ce soir dans ma maison ; je la dirai.

C'était assez de cela. Je l'ai interrompue.

– Marie, c'est moi qui suis ton papa.

– Ah ! m'a-t-elle dit.

J'ai ajouté : – Veux-tu que je sois ton papa ?

L'enfant s'est détournée.

– Non, mon papa était bien plus beau.

Je l'ai couverte de baisers et de larmes. Elle a cherché à se dégager de mes bras en criant :

– Vous me faites mal avec votre barbe.

Alors, je l'ai replacée sur mes genoux, en la couvant des yeux, et puis je l'ai questionnée.

– Marie, sais-tu lire ?

– Oui, a-t-elle répondu. Je sais bien lire. Maman me fait lire mes lettres.

– Voyons, lis un peu, lui ai-je dit en lui montrant un papier qu'elle tenait chiffonné dans une de ses petites mains.

Elle a hoché sa jolie tête.

– Ah bien ! je ne sais lire que des fables.

– Essaie toujours. Voyons, lis.

Elle a déployé le papier, et s'est mise à épeler avec son doigt :

– A, R, *ar*, R, Ê, T, *rêt*, ARRÊT…

Je lui ai arraché cela des mains. C'est ma sentence de mort qu'elle me lisait. Sa bonne avait eu le papier pour un sou. Il me coûtait plus cher, à moi.

Il n'y a pas de paroles pour ce que j'éprouvais. Ma violence l'avait effrayée ; elle pleurait presque. Tout à coup elle m'a dit :

– Rendez-moi donc mon papier ; tiens ! c'est pour jouer.

Je l'ai remise à sa bonne.

– Emportez-la.

Et je suis retombé sur ma chaise, sombre, désert, désespéré. À présent ils devraient venir ; je ne tiens plus à rien ; la dernière fibre de mon cœur est brisée. Je suis bon pour ce qu'ils vont faire [1].

XLIV

Le prêtre est bon, le geôlier aussi. Je crois qu'ils ont versé une larme quand j'ai dit qu'on m'emportât mon enfant.

C'est fait. Maintenant il faut que je me roidisse en moi-même, et que je pense fermement au bourreau, à la charrette, aux gendarmes, à la foule sur le pont, à la foule sur le quai, à la foule aux fenêtres, et à ce qu'il y aura exprès pour moi sur cette lugubre place de Grève, qui pourrait être pavée des têtes qu'elle a vu tomber.

Je crois que j'ai encore une heure pour m'habituer à tout cela.

XLV

Tout ce peuple rira, battra des mains, applaudira. Et parmi tous ces hommes, libres et inconnus des geôliers, qui courent pleins de joie à une exécution, dans cette foule de têtes qui couvrira la place, il y aura plus d'une tête prédestinée qui suivra la mienne tôt ou tard dans le panier rouge. Plus d'un qui y vient pour moi y viendra pour soi.

1. Cet épisode rappelle un souvenir de Hugo enfant, lorsqu'il lut, à dix ans, l'affiche annonçant l'exécution de son parrain Lahorie.

Pour ces êtres fatals il y a sur un certain point de la place de Grève un lieu fatal, un centre d'attraction, un piège. Ils tournent autour jusqu'à ce qu'ils y soient.

XLVI

Ma petite Marie ! – On l'a remmenée jouer ; elle regarde la foule par la portière du fiacre, et ne pense déjà plus à ce *monsieur*.

Peut-être aurai-je encore le temps d'écrire quelques pages pour elle, afin qu'elle les lise un jour, et qu'elle pleure dans quinze ans pour aujourd'hui.

Oui, il faut qu'elle sache par moi mon histoire, et pourquoi le nom que je lui laisse est sanglant.

XLVII

Mon histoire

Note de l'éditeur. – On n'a pu encore retrouver les feuillets qui se rattachaient à celui-ci. Peut-être, comme ceux qui suivent semblent l'indiquer, le condamné n'a-t-il pas eu le temps de les écrire. Il était tard quand cette pensée lui est venue.

XLVIII

D'une chambre de l'Hôtel de Ville.

De l'Hôtel de Ville !... – Ainsi j'y suis. Le trajet exécrable est fait. La place est là, et au-dessous de la fenêtre l'horrible peuple qui aboie, et m'attend, et rit.

J'ai eu beau me roidir, beau me crisper, le cœur m'a failli. Quand j'ai vu au-dessus des têtes ces deux bras rouges avec leur triangle noir au bout, dressés entre les deux lanternes du quai, le cœur m'a failli. J'ai demandé à faire une dernière déclaration. On m'a déposé ici, et l'on est allé chercher quelque procureur du roi. Je l'attends, c'est toujours cela de gagné.

Voici.

Trois heures sonnaient, on est venu m'avertir qu'il était temps. J'ai tremblé, comme si j'eusse pensé à autre chose depuis six heures, depuis six semaines, depuis six mois. Cela m'a fait l'effet de quelque chose d'inattendu.

Ils m'ont fait traverser leurs corridors et descendre leurs escaliers. Ils m'ont poussé entre deux guichets du rez-de-chaussée, salle sombre, étroite, voûtée, à peine éclairée d'un jour de pluie et de brouillard. Une chaise était au milieu. Ils m'ont dit de m'asseoir ; je me suis assis.

Il y avait près de la porte et le long des murs quelques personnes debout, outre le prêtre et les gendarmes, et il y avait aussi trois hommes.

Le premier, le plus grand, le plus vieux, était gras et avait la face rouge. Il portait une redingote et un chapeau à trois cornes déformé. C'était lui.

C'était le bourreau, le valet de la guillotine. Les deux autres étaient ses valets, à lui.

À peine assis, les deux autres se sont approchés de moi, par derrière, comme des chats ; puis tout à coup j'ai senti un froid d'acier dans mes cheveux, et les ciseaux ont grincé à mes oreilles.

Mes cheveux, coupés au hasard, tombaient par mèches sur mes épaules, et l'homme au chapeau à trois cornes les époussetait doucement avec sa grosse main.

Autour, on parlait à voix basse.

Il y avait un grand bruit au-dehors, comme un frémissement qui ondulait dans l'air. J'ai cru d'abord que c'était la rivière ; mais, à des rires qui éclataient, j'ai reconnu que c'était la foule.

Un jeune homme, près de la fenêtre, qui écrivait, avec un crayon, sur un portefeuille, a demandé à un des guichetiers comment s'appelait ce qu'on faisait là.

– La toilette du condamné, a répondu l'autre.

J'ai compris que cela serait demain dans le journal.

Tout à coup l'un des valets m'a enlevé ma veste, et l'autre a pris mes deux mains qui pendaient, les a ramenées derrière mon dos, et j'ai senti les nœuds d'une corde se rouler lentement autour de mes poignets rapprochés. En même temps, l'autre détachait ma cravate. Ma chemise de batiste, seul lambeau qui me restât du moi d'autrefois, l'a fait en quelque sorte hésiter un moment ; puis il s'est mis à en couper le col.

À cette précaution horrible, au saisissement de l'acier qui touchait mon cou, mes coudes ont tressailli, et j'ai laissé échapper un rugissement étouffé. La main de l'exécuteur a tremblé.

– Monsieur, m'a-t-il dit, pardon ! Est-ce que je vous ai fait mal ?

Ces bourreaux sont des hommes très doux.

La foule hurlait plus haut au-dehors.

Le gros homme au visage bourgeonné m'a offert à respirer un mouchoir imbibé de vinaigre.

– Merci, lui ai-je dit de la voix la plus forte que j'ai pu, c'est inutile ; je me trouve bien.

Alors l'un d'eux s'est baissé et m'a lié les deux pieds, au moyen d'une corde fine et lâche, qui ne me laissait à faire que de petits pas. Cette corde est venue se rattacher à celle de mes mains.

Puis le gros homme a jeté la veste sur mon dos, et a noué les manches ensemble sous mon menton. Ce qu'il y avait à faire là était fait.

Alors le prêtre s'est approché avec son crucifix.

– Allons, mon fils, m'a-t-il dit.

Les valets m'ont pris sous les aisselles. Je me suis levé, j'ai marché. Mes pas étaient mous et fléchissaient comme si j'avais eu deux genoux à chaque jambe.

En ce moment la porte extérieure s'est ouverte à deux battants. Une clameur furieuse et l'air froid et la lumière blanche ont fait irruption jusqu'à moi dans l'ombre. Du fond du sombre guichet, j'ai vu brusquement tout à la fois, à travers la pluie, les mille têtes hurlantes du peuple entassées pêle-mêle sur la rampe du grand escalier du Palais ; à droite, de plain-pied avec le seuil, un rang de chevaux de gendarmes, dont la porte basse ne me découvrait que les pieds de devant et les poitrails ; en face, un détachement de soldats en bataille ; à gauche, l'arrière d'une charrette, auquel s'appuyait une roide échelle. Tableau hideux, bien encadré dans une porte de prison.

C'est pour ce moment redouté que j'avais gardé mon courage. J'ai fait trois pas, et j'ai paru sur le seuil du guichet.

– Le voilà ! le voilà ! a crié la foule. Il sort ! enfin !

Et les plus près de moi battaient des mains. Si fort qu'on aime un roi, ce serait moins de fête.

C'était une charrette ordinaire, avec un cheval étique, et un charretier en sarrau bleu à dessins rouges, comme ceux des maraîchers des environs de Bicêtre.

Le gros homme en chapeau à trois cornes est monté le premier.

– Bonjour, monsieur Samson[1] ! criaient des enfants pendus à des grilles.

Un valet l'a suivi.

– Bravo, Mardi ! ont crié de nouveau les enfants.

Ils se sont assis tous deux sur la banquette de devant.

C'était mon tour. J'ai monté d'une allure assez ferme.

– Il va bien ! a dit une femme à côté des gendarmes.

Cet atroce éloge m'a donné du courage. Le prêtre est venu se placer auprès de moi. On m'avait assis sur la banquette de derrière, le dos tourné au cheval. J'ai frémi de cette dernière attention.

Ils mettent de l'humanité là-dedans.

J'ai voulu regarder autour de moi. Gendarmes devant, gendarmes derrière ; puis de la foule, de la foule, et de la foule ; une mer de têtes sur la place.

Un piquet de gendarmerie à cheval m'attendait à la porte de la grille du Palais.

L'officier a donné l'ordre. La charrette et son cortège se sont mis en mouvement, comme poussés en avant par un hurlement de la populace.

On a franchi la grille. Au moment où la charrette a tourné vers le Pont-au-Change, la place a éclaté en bruit, du pavé aux toits, et les ponts et les quais ont répondu à faire un tremblement de terre.

---

1. Voir p. 47, note 1.

C'est là que le piquet qui attendait s'est rallié à l'escorte.

– Chapeaux bas ! chapeaux bas ! criaient mille bouches ensemble. – Comme pour le roi.

Alors j'ai ri horriblement aussi, moi, et j'ai dit au prêtre :

– Eux les chapeaux, moi la tête.

On allait au pas.

Le quai aux Fleurs embaumait ; c'est jour de marché. Les marchandes ont quitté leurs bouquets pour moi.

Vis-à-vis, un peu avant la tour carrée qui fait le coin du Palais, il y a des cabarets, dont les entresols étaient pleins de spectateurs heureux de leurs belles places, surtout des femmes. La journée doit être bonne pour les cabaretiers.

On louait des tables, des chaises, des échafaudages, des charrettes. Tout pliait de spectateurs. Des marchands de sang humain criaient à tue-tête :

– Qui veut des places ?

Une rage m'a pris contre ce peuple. J'ai eu envie de leur crier :

– Qui veut la mienne ?

Cependant la charrette avançait. À chaque pas qu'elle faisait, la foule se démolissait derrière elle, et je la voyais de mes yeux égarés qui s'allait reformer plus loin sur d'autres points de mon passage.

En entrant sur le Pont-au-Change, j'ai par hasard jeté les yeux à ma droite en arrière. Mon regard s'est arrêté sur l'autre quai, au-dessus des maisons, à une tour noire, isolée, hérissée de sculptures, au sommet de laquelle je voyais deux monstres de pierre assis de profil. Je ne sais pourquoi j'ai demandé au prêtre ce que c'était que cette tour.

– Saint-Jacques-la-Boucherie, a répondu le bourreau.

J'ignore comment cela se faisait ; dans la brume, et malgré la pluie fine et blanche qui rayait l'air comme un réseau de fils d'araignée, rien de ce qui se passait autour de moi ne m'a échappé. Chacun de ces détails m'apportait sa torture. Les mots manquent aux émotions.

Vers le milieu de ce Pont-au-Change, si large et si encombré que nous cheminions à grand-peine, l'horreur m'a pris violemment. J'ai craint de défaillir, dernière vanité ! Alors je me suis étourdi moi-même pour être aveugle et pour être sourd à tout, excepté au prêtre, dont j'entendais à peine les paroles, entrecoupées de rumeurs.

J'ai pris le crucifix et je l'ai baisé.

– Ayez pitié de moi, ai-je dit, ô mon Dieu ! – Et j'ai tâché de m'abîmer dans cette pensée.

Mais chaque cahot de la dure charrette me secouait. Puis tout à coup je me suis senti un grand froid. La pluie avait traversé mes vêtements, et mouillait la peau de ma tête à travers mes cheveux coupés et courts.

– Vous tremblez de froid, mon fils ? m'a demandé le prêtre.

– Oui, ai-je répondu.

Hélas ! pas seulement de froid [1].

Au détour du pont, des femmes m'ont plaint d'être si jeune.

Nous avons pris le fatal quai. Je commençais à ne plus voir, à ne plus entendre. Toutes ces voix, toutes ces têtes aux fenêtres, aux portes, aux grilles des boutiques, aux branches des lanternes ; ces spectateurs avides et cruels ; cette foule où tous me connaissent et où je ne connais personne ; cette route pavée et murée de visages humains… J'étais ivre, stupide, insensé. C'est une chose insupportable que le poids de tant de regards appuyés sur vous.

Je vacillais donc sur le banc, ne prêtant même plus d'attention au prêtre et au crucifix.

Dans le tumulte qui m'enveloppait, je ne distinguais plus les cris de pitié des cris de joie, les rires des plaintes, les voix du bruit ; tout cela était une rumeur qui résonnait dans ma tête comme dans un écho de cuivre.

Mes yeux lisaient machinalement les enseignes des boutiques.

Une fois l'étrange curiosité me prit de tourner la tête et de regarder vers quoi j'avançais. C'était une dernière bravade de l'intelligence. Mais le corps ne voulut pas ; ma nuque resta paralysée et d'avance comme morte.

J'entrevis seulement de côté, à ma gauche, au-delà de la rivière, la tour de Notre-Dame, qui, vue de là, cache

---

1. Allusion à l'exécution de Malesherbes (1721-1794), mort en héros ; à son bourreau qui lui demandait s'il tremblait de peur, Malesherbes répondit : « Non, de froid. »

l'autre. C'est celle où est le drapeau. Il y avait beaucoup de monde, et qui devait bien voir.

Et la charrette allait, allait, et les boutiques passaient, et les enseignes se succédaient, écrites, peintes, dorées, et la populace riait et trépignait dans la boue, et je me laissais aller, comme à leurs rêves ceux qui sont endormis.

Tout à coup la série des boutiques qui occupait mes yeux s'est coupée à l'angle d'une place ; la voix de la foule est devenue plus vaste, plus glapissante, plus joyeuse encore ; la charrette s'est arrêtée subitement, et j'ai failli tomber la face sur les planches. Le prêtre m'a soutenu. – Courage ! a-t-il murmuré. – Alors on a apporté une échelle à l'arrière de la charrette ; il m'a donné le bras, je suis descendu, puis j'ai fait un pas, puis je me suis retourné pour en faire un autre, et je n'ai pu. Entre les deux lanternes du quai j'avais vu une chose sinistre.

Oh ! c'était la réalité !

Je me suis arrêté, comme chancelant déjà du coup.

– J'ai une dernière déclaration à faire ! ai-je crié faiblement.

On m'a monté ici.

J'ai demandé qu'on me laissât écrire mes dernières volontés. Ils m'ont délié les mains, mais la corde est ici, toute prête, et le reste est en bas.

XLIX

Un juge, un commissaire, un magistrat, je ne sais de quelle espèce, vient de venir. Je lui ai demandé ma grâce en joignant les deux mains et en me traînant sur les deux genoux [1]. Il m'a répondu, en souriant fatalement, si c'est là tout ce que j'avais à lui dire.

---

1. Le condamné se comporte comme la Du Barry (1743-1793), favorite de Louis XV, qui, folle de terreur à l'approche de son exécution, hurla de la Conciergerie jusqu'à l'échafaud, et demanda à Sanson « Encore un moment, monsieur le bourreau ! » : le condamné s'abaisse, et n'a rien d'un héros face à la mort.

– Ma grâce ! ma grâce ! ai-je répété, ou, par pitié, cinq minutes encore !

Qui sait ? elle viendra peut-être ! Cela est si horrible, à mon âge, de mourir ainsi ! Des grâces qui arrivent au dernier moment, on l'a vu souvent. Et à qui fera-t-on grâce, monsieur, si ce n'est à moi ?

Cet exécrable bourreau ! il s'est approché du juge pour lui dire que l'exécution devait être faite à une certaine heure, que cette heure approchait, qu'il était responsable, que d'ailleurs il pleut et que cela risque de se rouiller.

– Eh, par pitié ! une minute pour attendre ma grâce ! ou je me défends, je mords !

Le juge et le bourreau sont sortis. Je suis seul. – Seul avec deux gendarmes.

Oh ! l'horrible peuple avec ses cris d'hyène ! – Qui sait si je ne lui échapperai pas ? si je ne serai pas sauvé ? si ma grâce ?… Il est impossible qu'on ne me fasse pas grâce !

Ah ! les misérables ! il me semble qu'on monte l'escalier…

QUATRE HEURES

NOTE

Nous donnons ci-jointe, pour les personnes curieuses de cette sorte de littérature, la chanson d'argot avec l'explication en regard, d'après une copie que nous avons trouvée dans les papiers du condamné, et dont ce fac-similé reproduit tout, orthographe et écriture[1]. La signification des mots était écrite de la main du condamné ; il y a aussi dans le dernier couplet deux vers intercalés qui semblent de son écriture ; le reste de la complainte est d'une autre main. Il est probable que, frappé de cette chanson, mais ne se la rappelant qu'imparfaitement, il avait cherché à se la procurer, et que la copie lui en avait été donnée par quelque calligraphe de la geôle.

La seule chose que ce fac-similé ne reproduise pas, c'est l'aspect du papier et de la copie, qui est jaune, sordide et rompu à ses plis.

---

1. Le document dont il est question dans cette Note de Hugo, présenté sur une grande feuille pliée en quatre dans l'édition d'origine, reste mystérieux : on en ignore la provenance et l'auteur. Jacques Seebacher a toutefois identifié l'écriture de Hugo dans les deux lignes intercalées dans le dernier couplet, comme l'indique Guy Rosa dans son édition du *Dernier Jour d'un condamné*, LGF, Le Livre de Poche, 1989, p. 151.

Cent dans la rue du mail

ou j'ai été coltigé(1) ma lure   (1) empoigné

par trois coquin de raille(2) lirlonfa malurette   (2) archers, chiens, gendarmes

Sur mes tiques ont foncé(3) lirlonfa maluré   (3) ils se sont jettés sur moi

   il mon mit la tortouse(4) lirlonfa malurette   (4) les menottes

   quand mezdon est aboulé(5) lirlonfa maluré   (5) le mouchard est arrivé.

dans mon trimin(6) rencontre lirlonfa malurette   (6) chemin

un pègre(7) du métier lirlonfa maluré   (7) voleur

vaten dire à ma largue(8) lirlonfa malurett   (8) ma femme

que je suis enfourraillé(9) lirlonfa maluré   (9) emprisonné

ma largue tout en colère lirlonfa malurette,

m dit qu'à tu donc morfillé(10) lirlonfa maluré   (10) qu'as tu donc fais?

j'ai fait suer un Chênne(11) lirlonfa malurette (11) j'ai tué un homme

son fardang j'ai engante(12) lirlonfa malaze   (12) j'ai pris son argent

son fardang et sa toquante(13) lirlonfa malurette (13) sa montre

et les attaches de fer(14) lirlonfa maluré   (14) ses boucles de soulier

   ma largue part pour Versaille lirlonfa malurette

au pieds de sa majesté lirlonfa maluré

elle lui fonce en babillard(15) lirlonfa malurette (15) elle lui présente un plaçet

pour me faire défourraille lirlonfa malaré

a si j'en défourrad lirlonfa tina lurette

ma largue j'entiferé(16) lirlonfa ma luré   (16) je paererai j'attiferai

je li fere porte fontange lirlonfa malurette

et des souhaire galoché(17) lirlonfa maluré   (17) à galocher

mais grand dieu (18) qu'il j'ote, li dise la couronne   (18) le Roi

je li fere dange une lirlonfa malurette

ou il ny a pas de planché lirlonfa maluré   (19) ma couronne mon chapeau

DOSSIER

À L'ORIGINE DU ROMAN

Un chapitre de *Victor Hugo raconté par un témoin de sa vie*
– écrit par Adèle, l'épouse de Victor Hugo, et publié en 1863 –
narre les expériences qui furent à l'origine de l'écriture du
Dernier Jour d'un condamné. Nous donnons en regard de cet
extrait une illustration de Louis Boulanger (1806-1867), qui
fut l'ami de Victor Hugo, le portraitiste de sa famille et l'un
des principaux illustrateurs de ses œuvres, des *Odes et ballades* à *Notre-Dame de Paris* et *Marion Delorme*. Cette illustration du chapitre XLVIII du *Dernier Jour d'un condamné*, qui
donne à voir la charrette du condamné, pourrait en effet ren-
voyer tout aussi bien à l'exécution de Pierre Louis Martin en
1820, telle qu'elle est racontée à travers la plume d'Adèle.

L'échafaud

M. Victor Hugo s'était trouvé, en 1820, sur le passage de
Louvel allant à l'échafaud. L'assassin du duc de Berry n'avait rien
qui éveillât la sympathie ; il était gros et trapu, avait un nez car-
tilagineux sur des lèvres minces, et des yeux d'un bleu vitreux.
L'auteur de l'ode sur *La Mort du duc de Berry* le haïssait de tout
son ultra-royalisme d'enfant. Et cependant, à voir cet homme qui
était vivant et bien portant et qu'on allait tuer, il n'avait pu
s'empêcher de le plaindre, et il avait senti sa haine pour l'assassin
se changer en pitié pour le patient. Il avait réfléchi, avait pour la
première fois regardé la peine de mort en face, s'était étonné que
la société fît au coupable, et de sang-froid, et sans danger, précisément la même chose dont elle le punissait, et avait eu l'idée
d'écrire un livre contre la guillotine.

À la fin de l'été de 1825, une après-midi, comme il allait à la
bibliothèque du Louvre, il rencontra M. Jules Lefèvre, qui lui prit

le bras et l'entraîna sur le quai de la Ferraille. La foule affluait des rues, se dirigeant vers la place de Grève.

– Qu'est-ce donc qui se passe ? demanda-t-il.

– Il se passe qu'on va couper le poing et la tête à un nommé Jean Martin [1] qui a tué son père. Je suis en train de faire un poème où il y a un parricide qu'on exécute, je viens voir exécuter celui-là, mais j'aime autant n'y pas être tout seul.

L'horreur qu'éprouva M. Victor Hugo à la pensée de voir une exécution était une raison de plus de s'y contraindre : l'affreux spectacle l'exciterait à sa guerre projetée contre la peine de mort.

Au Pont-au-Change, la foule était si épaisse qu'il devint difficile d'avancer. MM. Victor Hugo et Jules Lefèvre purent cependant gagner la place. Les maisons regorgeaient de monde. Les locataires avaient invité leurs amis à la *fête* ; on voyait des tables couvertes de fruits et de vins ; des fenêtres avaient été louées fort cher ; de jeunes femmes venaient s'accouder à l'appui des croisées, verre en main et riant aux éclats ou minaudant avec des jeunes gens. Mais bientôt la coquetterie cessa pour un plaisir plus vif : la charrette arrivait.

Le patient, le dos tourné au cheval, au bourreau et aux aides, la tête couverte d'un chiffon noir rattaché au cou, ayant pour tout vêtement un pantalon de toile grise et une chemise blanche, grelottait sous une pluie croissante. L'aumônier des prisons, l'abbé Montès, lui parlait et lui faisait baiser un crucifix à travers son voile.

M. Victor Hugo voyait la guillotine de profil ; ce n'était pour lui qu'un poteau rouge. Un large emplacement gardé par la troupe isolait l'échafaud ; la charrette y entra. Jean Martin descendit, soutenu par les aides, puis, toujours supporté par eux, il gravit l'échelle. L'aumônier monta après lui, puis le greffier, qui lut le jugement à haute voix. Alors le bourreau leva le voile noir, fit apparaître un jeune visage effrayé et hagard, prit la main droite du condamné, l'attacha au poteau avec une chaîne, saisit une hachette, la leva en l'air ; mais M. Victor Hugo ne put pas en regarder davantage, il détourna la tête, et ne redevint maître de lui que lorsque le *Ha !* de la foule lui dit que le malheureux cessait de souffrir.

Une autre fois, il vit la charrette d'un détrousseur de grands chemins nommé Delaporte. Celui-là était un vieillard ; les bras liés derrière le dos, son crâne chauve éclatait au soleil.

Il semblait que la peine de mort ne voulût pas qu'il l'oubliât. Il se croisa avec une autre charrette : cette fois la guillotine faisait

---

1. Double erreur d'Adèle Hugo : il s'agit en réalité de Pierre Louis Martin, exécuté en 1820 (et non en 1825) pour avoir tiré sur son père. Voir aussi p. 82, note 3.

Louis Boulanger, illustration du chapitre XLVIII
du *Dernier Jour d'un condamné*
(1829)

coup double ; on exécutait les deux assassins du changeur Joseph, Malagutti et Ratta.

M. Victor Hugo fut frappé de la différence d'aspect des deux condamnés : Ratta, blond, pâle, consterné, tremblait et vacillait ; Malagutti, brun, robuste, tête haute, regard insouciant, allait mourir comme il serait allé dîner.

M. Victor Hugo revit la guillotine un jour qu'il traversait, vers deux heures, la place de l'Hôtel-de-Ville. Le bourreau *répétait* la représentation du soir ; le couperet n'allait pas bien ; il graissa les rainures, et puis il essaya encore. Cette fois il fut content. Cet homme, qui s'apprêtait à en tuer un autre, qui faisait cela en plein jour, en public, en causant avec les curieux, pendant qu'un malheureux homme désespéré se débattait dans sa prison, fou de rage, ou se laissait lier avec l'inertie et l'hébétement de la terreur, fut pour M. Victor Hugo une figure hideuse, et la répétition de la chose lui parut aussi odieuse que la chose même.

Il se mit le lendemain même à écrire *Le Dernier jour d'un condamné*, et l'acheva en trois semaines. Chaque soir il lisait à ses amis ce qu'il avait écrit dans sa journée.

M. Édouard Bertin, s'étant trouvé à une de ces lectures, en parla à M. Gosselin, qui imprimait dans ce moment *Les Orientales* et qui vint demander le volume de prose comme le volume de vers. Le marché signé, il lut le manuscrit : quand il en fut au passage où l'auteur voulant que son condamné reste absolument impersonnel afin de ne pas intéresser à un condamné spécial, mais à tous, suppose que les feuillets qui contenaient l'histoire de sa vie ont été perdus, M. Gosselin lui conseilla, dans l'intérêt de la vente du livre, « de retrouver les feuillets perdus ». M. Victor Hugo répondit qu'il avait pris M. Gosselin pour éditeur et non pour collaborateur. Ce fut le commencement du refroidissement de leurs relations.

Les Orientales parurent en janvier 1829, et *Le Dernier Jour d'un condamné* trois semaines après [1].

LETTRE DE VICTOR HUGO À SON ÉDITEUR

À son éditeur Gosselin qui lui conseillait de « retrouver les feuillets perdus » de l'histoire du condamné – afin sans doute de satisfaire le goût du public pour le fait divers et pour faire

---

1. Adèle Hugo, *Victor Hugo raconté par un témoin de sa vie*, dans *Œuvres complètes*, Le Club français du livre, 1967, t. III, p. 1318-1320.

du *Dernier Jour d'un condamné* un vrai « roman » –, Hugo, le 3 janvier 1829, répondit une lettre éclairante sur le « genre » du texte.

3 janvier, soir.

Monsieur,

La preuve que je ne prends pas en mauvaise part la lettre que vous me faites l'honneur de m'écrire, c'est que j'y réponds. Il me semble seulement que vous n'avez peut-être pas assez réfléchi en l'écrivant. Si vous avez voulu dire que *Le Dernier Jour d'un condamné* n'est pas un roman historique, vous avez raison. Je n'ai point voulu faire de roman historique. *Notre-Dame de Paris* sera le premier, mais il y a plusieurs sortes de romans, et l'on pourrait souvent, à mon avis, les classer en deux grandes divisions : romans de faits et romans d'analyse, drames extérieurs et drames intérieurs. *René* ou *Ricca*, *Édouard*, sont de ce dernier genre ; c'est un fait simple et nu avec des développements de pensée. Je ne sache pas que ces livres aient eu moins de succès que d'autres.

Il y a surtout deux ouvrages qu'il est impossible que vous n'ayez pas lu et que je vous présenterais, comme offrant une frappante analogie avec mon livre, si son principal mérite à mes yeux n'était pas d'être sans modèle. C'est le *Voyage autour de ma chambre*[1] et la *Sentimental Journey* de Sterne. Jamais livre, jamais roman ne se sont plus *vendus* que cela. Jamais on ne s'est avisé de les exclure de la classe des romans.

Je vous sais trop intelligent, Monsieur, pour insister sur ces choses évidentes. Il me semble donc impossible qu'après un moment de réflexion vous hésitiez à voir dans le *Condamné* un roman, et un roman de la nature peut-être la plus populaire et la plus universellement goûtée. Ce n'est donc plus qu'un conseil *littéraire* que celui que vous voulez bien me donner d'écrire l'histoire du condamné. Il serait beaucoup trop long de vous déduire dans une lettre pourquoi je ne suivrai pas votre conseil. Nous en causerons si vous voulez bien, et j'espère vous amener vite à mon avis.

Vous devez penser que ce n'est pas sans mûre réflexion que je me suis décidé au parti que j'ai pris. D'ailleurs, vous savez que j'ai, à tort ou à raison, peu de sympathie pour les conseils, et si j'ai quelque originalité, elle vient de là. Si j'avais écouté les conseils, je n'aurais pas fait *Han d'Islande*, et j'aurais peut-être eu raison,

1. Roman de Xavier de Maistre (1795).

mais non pour le libraire. Je vous remercie beaucoup, cependant, du fait pour lequel vous me redressez ; je prends les renseignements positifs à ce sujet et j'y aurai certainement égard.

Vous devez aussi avoir mal calculé pour la grosseur du livre. Le manuscrit est un peu plus de la moitié de celui de *Bug-Jargal*, que j'ai conservé. Il y aura, au contraire, un fort volume in-12.

Je vous dirai en terminant, Monsieur, et sans, du reste, vous en faire un reproche, que la lettre que vous m'avez fait l'honneur de m'écrire est la première de ce genre que je reçois. Jusqu'ici – et c'est à regret que je suis forcé de rappeler cela – les libraires, de ma main, avaient pris sans lire. Je ne leur ai jamais ouï-dire qu'ils s'en fussent mal trouvés. J'espère qu'il en sera de même de vous, car je ne crois pas avoir rien fait qui ait plus de chance de vente, et d'autres que moi sont de cet avis. Si cette lettre m'était venue de tout autre, je ne vous cache pas que je n'y eusse point répondu, mais j'ai voulu vous donner ces explications à vous, Monsieur, comme une marque spéciale d'estime et de cordial attachement.

V. Hugo.

P.-S. La gravure est très bien. L'édition in-18 des *Orientales* me paraît imprimée en un caractère bien fin et peu beau. Je voudrais bien causer de tout cela avec vous, ainsi que du *prospectus...* Il importe de mettre vite le *Condamné* sous presse, si vous voulez qu'il paraisse avant la Chambre, ce qui est de la plus haute importance.

V. H[1].

La réception de l'œuvre au XIXe siècle

Deux articles célèbres témoignent de la réception du *Dernier Jour d'un condamné*, des critiques faites à son encontre, et des attentes des contemporains en matière d'histoires de criminels. Le premier, longtemps attribué à Charles Nodier, mais qui est plus probablement de la plume de Désiré Nisard, est paru le 26 février 1829 dans *Le Journal des Débats*, dans la rubrique « Variétés ». Le second, dont nous ne donnons que la seconde partie, est de Jules Janin ; il a été publié dans *Le Globe* le 4 février 1829.

1. Lettre de Victor Hugo à Gosselin, dans *Œuvres complètes*, *op. cit.*, t. III, p. 1242.

Désiré Nisard, *Le Journal des Débats*, 26 février 1829

Sur *Le Dernier Jour d'un condamné*

Je ne sais si la lecture de ce livre m'avait fatigué ou étourdi ; mais en quittant le héros sur la place de Grève, quand cet être vivant a déjà le pied sur la fatale échelle, quand cette pensée humaine va finir, sous le couteau qui tombe, je n'étais guère en état de juger ou de me souvenir. Ce récit des tortures morales qui tuent le condamné à petits coups et à l'avance ; cette langue étrange de la souffrance, toute de mots sombres et funèbres, qui bourdonnait à mes oreilles comme un bruit de tocsin, cette histoire d'un misérable qui n'a plus que vingt-quatre heures à vivre, et dont chaque pensée est une pensée de mort, tout cela m'avait comme brisé et épuisé, et j'étais, en fermant ce livre, comme un homme qui a longtemps tourné sur lui-même et qui sent la terre lui manquer.

Je ne relirai pas *Le Dernier Jour d'un condamné* : Dieu m'en garde ! C'est un mauvais rêve dont on n'ose pas se souvenir de jour, pour n'y pas retomber de nuit. Mais je suis bien aise de le connaître : il est bon d'avoir de toutes les émotions.

J'en vais dire quelques mots : ce sera mon impression lointaine, affaiblie, et dont je suis devenu maître. Rien de ce que fait M. Hugo n'est indifférent pour notre littérature, soit qu'il fasse mauvais, soit qu'il fasse bon.

C'est un homme désormais hors ligne, qui en est venu à ce point de renommée où les critiques témoignent mieux que les éloges de son importance littéraire. La première chose dont on s'inquiète, quand un livre paraît, c'est de ceci : Pourquoi ce livre ? De notre temps surtout, où tout se pèse par l'utilité, même les plaisirs de l'esprit, cette question est dans toutes les bouches. Aussi quand l'annonce du *Condamné* a paru dans les journaux, on s'est dit, avant de lire : Que nous veut ce condamné ? Et il y avait lieu, cette fois, à s'intriguer : les apparences étaient si bizarres ! Après avoir lu, beaucoup se demandent encore : Que nous voulait-on ? à quoi bon cette débauche d'imagination, ce long rêve de crime, de sang, d'échafaud ? Et pourtant, l'auteur avait un but : dès les premières pages, il le fait dire et développer par son héros en très belles phrases. Ce but, c'est de faire horreur de la peine de mort. Si l'on ne s'en souvient plus la lecture finie, c'est sans doute qu'il a été manqué.

L'abolition de la peine de mort est une question qui se débat vivement de notre temps, et qui reçoit dans quelques pays des solutions partielles, prémisses d'une solution générale. Depuis que l'état des peuples s'améliore par l'émancipation morale des individus, depuis que la paix et la liberté amènent dans le monde cette civilisation tout intérieure, qui jette moins d'éclat mais qui va plus au fond de l'humanité que les grandes civilisations venues et développées tout d'un jet sous la forte unité du despotisme, les hommes devenus plus heureux, se retournent avec sympathie vers tous les points de l'état social, s'inquiétant si quelque réparation reste encore à faire, si quelque amélioration attend son tour de venir, et de passer dans le train des choses. Ils veulent que tout se ressente du mieux général, tout, jusqu'au misérable qui a perdu, par l'homicide, le droit d'être compté parmi les hommes.

L'impopularité du code criminel n'est plus une fantaisie de sensibilité pure, mais une opinion de raison et de bonne justice. L'homme a-t-il le droit de faire mourir l'homme ? Voilà comment on entre dans la question. Les considérations du droit naturel veulent être seules en cause, et dans l'abondance des moyens de conviction, on dédaigne presque de persuader et d'apitoyer le législateur. Ainsi procèdent à présent les publicistes et les jurisconsultes, qui seuls paraissent avoir la propriété et comme le monopole de ce grand procès. Pourquoi donc le poète n'y mettrait-il pas la main ? Pourquoi ne plaiderait-il pas pour l'humanité, par la pitié, comme ceux-ci plaident par la raison, par le droit ? M. Victor Hugo a fait son livre dans ce noble dessein, je l'en crois sur parole ; et pendant que les avocats battaient en ruine, sur d'autres points, cette vieille cruauté de notre législation, le poète s'est adressé à l'imagination et au cœur, et il a montré tout ce que l'âme d'un homme a de puissance pour souffrir, tout ce qui peut se passer et s'épuiser de douleurs au fond d'un cachot. Cette partie de la question était toute neuve. Elle allait merveilleusement au sombre et énergique talent de Victor Hugo.

C'était même une grande fortune (qu'on me passe le mot) pour cette grande et singulière imagination, d'aller prendre l'air des prisons de Bicêtre, d'y regarder à travers les barreaux la souffrante figure d'un condamné à mort, de suivre sa misérable pensée jusqu'à l'échafaud, et de se mettre dessous pour en surprendre les derniers mouvements et comme la dernière agonie.

Vue de si près, la question a-t-elle fait un pas de plus vers sa solution ? La peine de mort analysée avec tant de luxe, et mise à nu sous les yeux du lecteur, lui a-t-elle apparu comme une effroyable et inutile barbarie ? Je ne le pense pas.

Qu'est-ce, après tout, que ce condamné ? C'est un être abstrait qui se creuse et s'examine en tous sens. C'est un esprit de condamné qui s'analyse et se scrute avec une rigueur et une patience toute métaphysique ; c'est comme un *empirique* qui veut avoir conscience de tout un ordre de phénomènes particuliers qui traversent son âme.

Ce criminel n'a pas eu de passé : il vient là, sans antécédents, sans souvenirs : on dirait qu'il n'a pas vécu avant d'être criminel.

L'auteur, il est vrai, pour donner un corps à son idée et faire un homme de cette vague abstraction, imagine une fois qu'il est époux et père ; mais ces portions de vérité ne sont guère amenées que pour faire des textes de scènes et des occasions de talent. Il y a bien encore, dans cet être tout idéal, des pensées qui ont dû passer par la tête de tous les condamnés, des crises de douleur qui ont dû faire trembler les membres et claquer les dents de quelque malheureux sur la paille de son cachot, des soupirs qui se sont perdus et étouffés sous les murs de Bicêtre ; et ces choses-là, vivement saisies par le poète, remuent et accablent. Mais le reste fait mal et ne touche pas. L'écrivain, ce semble, épouvante plus que le condamné. On est froid pour cet être qui ne ressemble à personne, et qui souffre avec tant de science et d'analyse ; mais toute la pitié du lecteur passe du côté du poète ; lui qui s'est mis volontairement tant de noir dans l'âme, lui qui s'est fait homicide en idée, qui s'est rêvé pour le plaisir du lecteur jugé, emprisonné, exécuté, pendant que d'autres poètes se font plus gratuitement, et dans de plus doux rêves, heureux en toutes choses, en amour, en talent, en avenir.

Le but du livre étant manqué, et l'écrivain paraissant seul en scène, on se demande encore pourquoi ce livre ? Beaucoup même s'en tiennent là, et comme ils n'y voient pas de motifs, ils n'y voient pas de talent. Ce sont, disent-ils, de gratuites horreurs. Ils auraient dit tout autrement, je crois, si l'auteur eût fait choix d'un cadre plus vrai.

Imaginez par exemple, un condamné dont le nom eût été crié dans les rues de Paris ; un jeune homme comme les jurés en ont vu sur les bancs de la cour d'assises, comme la loi criminelle en envoie trop souvent à la mort, un malheureux qui eût versé le sang dans un mouvement de frénésie, tranquille jusque-là et souvent honnête. Écoutez ce qu'il se dit dans son cachot, et ne parlez pas pour lui. Sa douleur sera de l'étourdissement stupide plutôt que de savants monologues. Dans ses moments de réveil lucide, il ramènera sa pensée en arrière, vers le temps où il était libre, au lieu de la tenir toujours fixée sur sa mort prochaine. Il jugera son jugement à sa manière, mais sans insultes ni moqueries, car la justice des jurés est vénérée en France comme la justice de Dieu. Seulement il se trouvera bien jeune pour mourir sur l'échafaud. Quand il passera dans la charrette, épuisé et abîmé, la pensée nette et distincte cessera en lui. Ce sera le peuple alors qui achèvera le drame, et qui verra tomber la victime, non pas en spectateur féroce, se faisant fête, six semaines d'avance, d'une tête coupée, mais en témoin passionné et sympathique dont la curiosité sera douloureuse, et qui s'en reviendra, plus révolté du supplice que du crime, tirant ainsi, presque à son insu, une moralité sévère et vraie.

Tout ceci n'est pas neuf, j'en conviens ; mais pour rester vrai dans certains sujets il faut, de gré ou non, s'en tenir aux vieilles données, et tirer le meilleur parti de ce qui est. C'est à l'exécution de rajeunir le fond. Animez ce cadre vulgaire de pensées nouvelles, colorez-le d'images vives et hardies, et vous serez neuf, croyez-moi ; et votre livre sera tout à la fois une œuvre de goût et une bonne action : car encore une fois, je m'entête à croire que M. Victor Hugo a fait son roman dans ce double but.

À présent si je juge ce roman de peu d'utilité pour les condamnés à mort, comme morceau littéraire, j'en admire quelques pages, belles au plus haut degré de poésie et d'éloquence. Quand la vérité s'est rencontrée sous la plume de M. Victor Hugo, elle sort si originale et si bien parée, qu'elle a tout l'air d'une création, et je ne sais si on lui aurait plus de gré d'inventer que de remettre à neuf.

Sa prose, riche et pittoresque comme ses vers, a pourtant le tort d'être un peu tendue, et, chose rare, cette sorte de fatigue qui se fait sentir dans quelques tournures, n'ôte pas à la pensée son abondance naturelle, ni au style son mouvement. C'est presque la faute de l'inspiration qui est venue toute fatiguée et laborieuse.

Ce sont d'admirables pages, à mon gré, que celles où le condamné pense au roi, qui est seul comme lui dans le monde, et qui, dans un mot, peut lui faire grâce ; et celles où, promenant sa lampe autour des murs de son cachot, il lit, à cette funèbre lueur, les noms de ceux qui ont été là, comme lui, sous les mêmes verrous, nourris et conservés pour l'échafaud ; et celles où il demande, pour l'assister dans ses angoisses, un jeune prêtre qui ne se soit pas encore vu face à un condamné à mort, et n'ait pas réduit en formules sèches et stériles ces paroles consolantes que la religion murmure, jusque sous le couteau, à l'oreille de l'homicide.

Pour finir, ces sortes d'ouvrages ne peuvent guère donner de la popularité à un écrivain. Ils sont d'un si sûr et si effrayant effet, que, pour la majorité des lecteurs, il est difficile d'isoler l'écrivain du sujet, et de faire l'honneur à qui de droit des plaisirs de la lecture. Mais Victor Hugo n'est romancier que par accident et fantaisie : il est avant tout poète et grand poète. *Les Orientales* sont venues en même temps que *Le Dernier Jour d'un condamné*, et pour ma part, j'aimerais mieux que l'imagination brillante qui a créé le roman, eût ajouté une belle ode au recueil poétique, ou épuré et complété celles qui n'y sont qu'imparfaites, mais tout près d'être belles.

N.

JULES JANIN, *LE GLOBE*, 4 FÉVRIER 1829

[...] Mais aussi il n'est pas de plus périlleuse tentative. Car il faut à la fois se soustraire à la froideur d'une analyse abstraite, et aux langueurs du portrait et du roman. Ni le caractère, ni le tempérament, ni l'éducation, ni les opinions, ni le crime ou l'innocence du condamné, ne doivent être décrits ou montrés en détail ; mais ils doivent cependant être connus ; à chaque instant, il faut qu'il en jaillisse des éclairs, qui jettent la teinte du passé sur l'horrible crise du présent. C'est le résumé violent de toute une vie que ces heures dernières ; rien de commun ni de général ne doit s'y rencontrer ; et, en même temps que vous vous enfermez dans cette âme, en même temps que vous devez suivre avec sagacité toutes les crises physiques et morales que la mort peut produire venant ainsi de minute en minute sur un homme sain de corps et d'esprit, en même temps que vous le disséquez pour ainsi dire dépérissant sous une idée, il faut me dissimuler votre travail. Je ne veux pas vous voir à l'œuvre comme à un problème de curiosité ; il faut que je sois initié par des traits brusques, par des sensations naïves, précipitées, désordonnées ; il faut que les scènes viennent non pas composées, non pas complètes, comme dans un roman descriptif ordinaire, mais rompues, et pressées sous l'empire de la fatale idée ; c'est l'écho que j'en veux entendre, et non pas le récit.

M. Hugo a-t-il ainsi conçu son ouvrage ? Je le croirais volontiers à voir le dessin général du livre ; mais l'exécution a trompé tout à fait la pensée. D'abord il a créé son héros le plus abstrait qu'il lui a été possible ; à peine savons-nous qu'il a été bien élevé, et qu'il est coupable d'un meurtre. Rien ou presque rien ne perce de son caractère, de ses passions, de ses croyances ; c'est presque une pure intelligence observant paisiblement. De là je ne sais quoi de froid et de compassé ; on sent toujours l'observateur placé en dehors de la situation, l'artiste forçant les traits, chargeant les couleurs, prenant des poses théâtrales. Qu'il s'agisse ou de peindre une émotion intérieure, ou une scène extérieure, sans cesse le travail du pittoresque et le soin du détail étouffent l'idée première, ou le sentiment qui devrait dominer. Ainsi la conception de presque toutes les scènes du roman me semble vraie et dramatique ; quand, après avoir lu rapidement, je pose le livre, il me reste comme un souvenir d'un beau tableau : par exemple, la scène de la condamnation, celle de la chanson d'argot chantée par une jeune fille, le voyage de Bicêtre à la Conciergerie, l'entretien avec le prêtre et avec la petite fille, les souvenirs d'enfance, et les dernières pages depuis le Pont-au-Change jusqu'à l'Hôtel de Ville, tout cela, quand je ne fais que me rappeler seulement les situations, m'émeut profondément ; et cependant, quand je reprends le livre pour mieux voir et recueillir en moi les traits du dessin, je me sens blessé, refroidi. Ce qui reste vrai, c'est tout ce qui est en dehors de l'âme du condamné, la jolie description des jeunes amours, l'indifférence du prêtre et de l'huissier dans la voiture, quelques réponses charmantes de la petite Marie ; mais l'effet de ces circonstances sur le héros, voilà ce qu'on ne voit jamais au naturel, ce qui n'est guère traduit qu'en réflexions d'une concision sèche ou d'une froide solennité. […]

Le roman de M. Hugo n'a donc pas, selon moi, un grand mérite d'invention ; mais il résume complètement tous les détails de la dernière journée d'un condamné en France. Le style aurait dû être plus simple, plus passionné, et moins savant ; mais il a une concision remarquable, et je ne sais quoi de mordant, qui sauve de la monotonie, quoique les formes en soient un peu vives et les tours peu variés.

Le Dernier Jour d'un condamné présente la particularité de ne pas discuter la peine de mort, mais de la dénoncer et d'éveiller l'horreur de cette peine chez le lecteur, en montrant les souffrances morales que cause une telle condamnation. Les idées des défenseurs de la peine de mort affleurent cependant par endroits, mais sont toujours intégrées à la fiction, et réfutées par la fiction plus que par l'argumentation. Afin de mesurer la variété des moyens rhétoriques et littéraires mis en œuvre par Hugo pour lutter contre la peine de mort, il est intéressant de lire quelques-uns de ses discours sur la même question, à différentes époques. On remarquera ainsi la diversité des argumentations, souvent mêlées à des appels à l'humanité et à des considérations philosophiques, et l'on verra comment l'écrivain adapte son propos aux différents publics auxquels il s'adresse : Assemblée nationale, cour d'assises ou peuple de pêcheurs.

Discours prononcé à l'Assemblée : « La peine de mort » (15 septembre 1848)

En septembre 1848, alors que l'Assemblée constituante discutait de l'abolition de la peine de mort en matière politique (décision qui fut adoptée le 4 novembre), un représentant proposa par amendement d'étendre l'abolition à tous les crimes. Hugo soutint cette proposition par un court discours prononcé le 15 septembre. Cet amendement fut repoussé par 498 voix contre 216.

Je regrette que cette question, la première de toutes peut-être, arrive au milieu de vos délibérations presque à l'improviste, et surprenne les orateurs non préparés.

Quant à moi, je dirai peu de mots, mais ils partiront du sentiment d'une conviction profonde et ancienne.

Vous venez de consacrer l'inviolabilité du domicile, nous vous demandons de consacrer une inviolabilité plus haute et plus sainte encore : l'inviolabilité de la vie humaine.

Messieurs, une constitution, et surtout une constitution faite par la France et pour la France, est nécessairement un pas dans la civilisation.

Si elle n'est point un pas dans la civilisation, elle n'est rien. (*Très bien ! très bien !*)

Eh bien ! songez-y, qu'est-ce que la peine de mort ? La peine de mort est le signe spécial et éternel de la barbarie. (*Mouvement.*) Partout où la peine de mort est prodiguée, la barbarie domine ; partout où la peine de mort est rare, la civilisation règne. (*Sensation.*)

Messieurs, ce sont là des faits incontestables. L'adoucissement de la pénalité est un grand et sérieux progrès. Le dix-huitième siècle, c'est là une partie de sa gloire, a aboli la torture ; le dix-neuvième siècle abolira la peine de mort. (*Vive adhésion. Plusieurs voix : Oui ! oui !*)

Vous ne l'abolirez pas peut-être aujourd'hui ; mais, n'en doutez pas, demain vous l'abolirez, ou vos successeurs l'aboliront. (Les mêmes voix : *Nous l'abolirons ! Agitation.*)

Vous écrivez en tête du préambule de votre constitution : « En présence de Dieu », et vous commenceriez par lui dérober, à ce Dieu, ce droit qui n'appartient qu'à lui, le droit de vie et de mort. (*Très bien ! très bien !*)

Messieurs, il y a trois choses qui sont à Dieu et qui n'appartiennent pas à l'homme : l'irrévocable, l'irréparable, l'indissoluble. Malheur à l'homme s'il les introduit dans ses lois. (*Mouvement.*) Tôt ou tard elles font plier la société sous leur poids ; elles dérangent l'équilibre nécessaire des lois et des mœurs ; elles ôtent à la justice humaine ses proportions ; et alors il arrive ceci, réfléchissez-y, messieurs, que la loi épouvante la conscience. (*Sensation.*)

Je suis monté à cette tribune pour vous dire un seul mot, un mot décisif, selon moi ; ce mot, le voici. (*Écoutez ! écoutez !*)

Après février, le peuple eut une grande pensée : le lendemain du jour où il avait brûlé le trône, il voulut brûler l'échafaud. (*Très bien ! D'autres voix : Très mal !*)

Ceux qui agissaient sur son esprit alors ne furent pas, je le regrette profondément, à la hauteur de son grand cœur. (À gauche : *Très bien !*) On l'empêcha d'exécuter cette idée sublime.

Eh bien ! dans le premier article de la constitution que vous votez, vous venez de consacrer la première pensée du peuple :

vous avez renversé le trône. Maintenant consacrez l'autre : renversez l'échafaud. (*Applaudissements à gauche. Protestations à droite.*)

Je vote l'abolition pure, simple et définitive de la peine de mort[1].

PLAIDOYER À LA COUR D'ASSISES : « POUR CHARLES HUGO » (11 JUIN 1851)

En 1851, un braconnier de la Nièvre, meurtrier d'un garde-chasse, fut condamné à mort. Son exécution fut longue, car l'homme résista. Charles Hugo raconta cette exécution dans *L'Événement*, et fut traduit devant la cour d'assises de la Seine pour avoir « manqué au respect dû à la loi ». Son père fut l'un de ses défenseurs.

[...] Le ministère public, c'est là son second argument, prétend que la critique de *L'Événement* a été trop loin, a été trop vive. Ah ! vraiment, messieurs les jurés, le fait qui a amené ce prétendu délit qu'on a le courage de reprocher au rédacteur de *L'Événement*, ce fait effroyable, approchez-vous-en, regardez-le de près.

Quoi ! un homme, un condamné, un misérable homme, est traîné un matin sur une de nos places publiques ; là, il trouve l'échafaud. Il se révolte, il se débat, il refuse de mourir, il est tout jeune encore, il a vingt-neuf ans à peine... – Mon Dieu ! je sais bien qu'on va me dire : « C'est un assassin ! » Mais écoutez !... – Deux exécuteurs le saisissent, il a les mains liées, les pieds liés ; il repousse les deux exécuteurs. Une lutte affreuse s'engage. Le condamné embarrasse ses pieds garrottés dans l'échelle patibulaire, il se sert de l'échafaud contre l'échafaud. La lutte se prolonge, l'horreur parcourt la foule. Les exécuteurs, la sueur et la honte au front, pâles, haletants, terrifiés, désespérés, – désespérés de je ne sais quel horrible désespoir, – courbés sous cette réprobation publique qui devrait se borner à condamner la peine de mort, et qui a tort d'écraser l'instrument passif, le bourreau *(Mouvement)* ; les exécuteurs font des efforts sauvages. Il faut que force reste à la loi, c'est la maxime. L'homme se cramponne à l'échafaud et demande grâce ; ses vêtements sont arrachés, ses épaules

---

1. « La peine de mort », *Actes et paroles I – Avant l'exil*, dans *Œuvres complètes, Politique*, Robert Laffont, « Bouquins », 1985 (réédn. 2002), p. 180-181.

nues sont en sang : il résiste toujours. Enfin, après trois quarts d'heure, trois quarts d'heure ! *(Mouvement. M. l'avocat général fait un signe de dénégation. M. Victor Hugo reprend :)* – On nous chicane sur les minutes, trente-cinq minutes, si vous voulez ! de cet effort monstrueux, de ce spectacle sans nom, de cette agonie, agonie pour tout le monde, entendez-vous bien ? agonie pour le peuple qui est là autant que pour le condamné ; après ce siècle d'angoisse, messieurs les jurés, on ramène le misérable à la prison. Le peuple respire ; le peuple qui a des préjugés de vieille humanité, et qui est clément parce qu'il se sent souverain, le peuple croit l'homme épargné. Point. La guillotine est vaincue, mais elle reste debout ; elle reste debout tout le jour, au milieu d'une population consternée. Et, le soir, on prend un renfort de bourreaux, on garrotte l'homme de telle sorte qu'il ne soit plus qu'une chose inerte, et, à la nuit tombante, on le rapporte sur la place publique, pleurant, hurlant, hagard, tout ensanglanté, demandant la vie, appelant Dieu, appelant son père et sa mère, car devant la mort cet homme était redevenu un enfant. *(Sensation.)* On le hisse sur l'échafaud, et sa tête tombe ! – Et alors un frémissement sort de toutes les consciences ; jamais le meurtre légal n'avait apparu avec plus de cynisme et d'abomination ; chacun se sent, pour ainsi dire, solidaire de cette chose lugubre qui vient de s'accomplir ; chacun sent au fond de soi ce qu'on éprouverait si l'on voyait en pleine France, en plein soleil, la civilisation insultée par la barbarie. C'est dans ce moment-là qu'un cri échappe à la poitrine d'un jeune homme, à ses entrailles, à son cœur, à son âme, un cri de pitié, un cri d'angoisse, un cri d'horreur, un cri d'humanité ; et ce cri, vous le puniriez ! Et, en présence des épouvantables faits que je viens de remettre sous vos yeux, vous diriez à la guillotine : Tu as raison ! et vous diriez à la pitié, à la sainte pitié : Tu as tort !

Cela n'est pas possible, messieurs les jurés. *(Frémissement d'émotion dans l'auditoire.)*

Tenez, monsieur l'avocat général, je vous le dis sans amertume, vous ne défendez pas une bonne cause. Vous avez beau faire, vous engagez une lutte inégale avec l'esprit de civilisation, avec les mœurs adoucies, avec le progrès. Vous avez contre vous l'intime résistance du cœur de l'homme ; vous avez contre vous tous les principes à l'ombre desquels, depuis soixante ans, la France marche et fait marcher le monde : l'inviolabilité de la vie humaine, la fraternité pour les classes ignorantes, le dogme de l'amélioration, qui remplace le dogme de la vengeance ! Vous avez contre vous tout ce qui éclaire la raison, tout ce qui vibre dans les âmes, la philosophie comme la religion, d'un côté Voltaire, de l'autre Jésus-Christ ! Vous avez beau faire, cet effroyable service que l'échafaud a la prétention de rendre à la société, la société, au fond, en a horreur et n'en veut pas[1] ! [...]

L'ADRESSE AU PEUPLE :
« AUX HABITANTS DE GUERNESEY » (JANVIER 1854)

Alors que Victor Hugo était en exil à Jersey, un homme fut condamné à mort à Guernesey. Victor Hugo intervint, en faisant publier et placarder dans l'île un vibrant appel « Aux habitants de Guernesey ». Le condamné, Tapner, obtint trois sursis, et semblait sauvé, lorsque le secrétaire d'État à l'Intérieur, lord Palmerston, ordonna son exécution. Tapner fut exécuté le 10 février 1854.

[...] Guernesiais. Tapner est condamné à mort ; en présence du texte des codes, votre magistrature a fait son devoir ; elle a rempli, pour me servir des propres termes du Chef-Magistrat, « son obligation » ; mais prenez garde. Ceci est le talion. Tu as tué, tu seras tué. Devant la loi humaine, c'est juste ; devant la loi divine, c'est redoutable.

Peuple de Guernesey, rien n'est petit quand il s'agit de l'inviolabilité humaine. Le monde civilisé vous demande la vie de cet homme.

Qui suis-je ? rien. Mais a-t-on besoin d'être quelque chose pour supplier ? est-il nécessaire d'être grand pour crier grâce ? Hommes des îles de la Manche, nous proscrits de France, nous vivons au milieu de vous, nous vous aimons. Nous voyons vos voiles passer à l'horizon dans les crépuscules des tempêtes, et nous vous envoyons nos bénédictions et nos prières. Nous sommes vos frères. Nous vous estimons, nous vous honorons ; nous vénérons en vous le travail, le courage, les nuits passées à la mer pour nourrir la femme et les enfants, les mains calleuses du matelot, le front hâlé du laboureur, la France dont nous sommes les fils et dont vous êtes les petits-fils, l'Angleterre dont vous êtes les citoyens et dont nous sommes les hôtes.

Permettez-nous donc de vous adresser la parole, puisque nous sommes assis à votre foyer, et de vous payer votre hospitalité en coopération cordiale. Permettez-nous de nous attrister de tout ce qui pourrait assombrir votre doux pays.

---

1. « Pour Charles Hugo », *Actes et paroles I – Avant l'exil*, dans *Œuvres complètes, Politique, op. cit.*, p. 309-316.

Le plongeur se précipite au fond de la mer et rapporte une poignée de gravier. Nous autres, nous sommes les souffrants, nous sommes les éprouvés, c'est-à-dire les penseurs ; les rêveurs, si vous voulez. – Nous plongeons au fond des choses, nous tâchons de toucher Dieu, et nous rapportons une poignée de vérités.

La première des vérités, la voici : tu ne tueras pas.

Et cette parole est absolue ; elle a été dite pour la loi, aussi bien que pour l'individu.

Guernesiais, écoutez ceci.

Il y a une divinité horrible, tragique, exécrable, païenne. Cette divinité s'appelait Moloch chez les Hébreux et Teutatès chez les Celtes ; elle s'appelle à présent la Peine de Mort. Elle avait autrefois pour pontife, dans l'Orient, le mage, et, dans l'Occident, le druide ; son prêtre aujourd'hui, c'est le bourreau. Le meurtre légal a remplacé le meurtre sacré. Jadis elle a rempli votre île de sacrifices humains ; et elle en a laissé partout les monuments, toutes ces pierres lugubres où la rouille des siècles a effacé la rouille du sang, qu'on rencontre à demi ensevelies dans l'herbe au sommet de vos collines et sur lesquelles la ronce siffle au vent du soir. Aujourd'hui, en cette année dont elle épouvante l'aurore, l'idole monstrueuse reparaît parmi vous ; elle vous somme de lui obéir ; elle vous convoque à jour fixe, pour la célébration de son mystère, et, comme autrefois, elle réclame de vous, de vous qui avez lu l'Évangile, de vous qui avez l'œil fixé sur le Calvaire, elle réclame un sacrifice humain ! lui obéirez-vous ? redeviendrez-vous païens le 27 janvier 1854 pendant deux heures ? païens pour tuer un homme ! païens pour perdre une âme ! païens pour mutiler la destinée du criminel en lui retranchant le temps du repentir ! ferez-vous cela ? serait-ce là le progrès ? où en sont les hommes si le sacrifice humain est encore possible ? adore-t-on encore à Guernesey l'idole, la vieille idole du passé, qui tue en face de Dieu qui crée ? à quoi bon lui avoir ôté le peulven si c'est pour lui rendre la potence ?

Quoi ! commuer une peine, laisser à un coupable la chance du remords et de la réconciliation, substituer au sacrifice humain l'expiation intelligente, ne pas tuer un homme, cela est-il donc si malaisé ? le navire est-il donc en détresse qu'un homme y soit de trop ? un criminel repentant pèse-t-il donc tant à la société humaine qu'il faille se hâter de jeter par-dessus le bord dans l'ombre de l'abîme cette créature de Dieu ?

Guernesiais ! la peine de mort recule aujourd'hui partout et perd chaque jour du terrain ; elle s'en va devant le sentiment humain. En 1830, la Chambre des députés de France en réclamait l'abolition, par acclamation ; la Constituante de Francfort l'a rayée des codes en 1848 ; la Constituante de Rome l'a supprimée en 1849 ; notre Constituante de Paris ne l'a maintenue qu'à une majorité imperceptible ; je dis plus, la Toscane, qui est catholique, l'a abolie ; la Russie, qui est barbare, l'a abolie ; Otahiti, qui est sauvage, l'a abolie. Il semble que les ténèbres elles-mêmes n'en veulent plus. Est-ce que vous en voulez, vous, hommes de ce bon pays ?

Il dépend de vous que la peine de mort soit abolie de fait à Guernesey ; il dépend de vous qu'un homme ne soit pas « pendu jusqu'à ce que mort s'ensuive » le 27 janvier ; il dépend de vous que ce spectacle effroyable, qui laisserait une tache noire sur votre beau ciel, ne vous soit pas donné.

Votre constitution libre met à votre disposition tous les moyens d'accomplir cette œuvre religieuse et sainte. Réunissez-vous légalement. Agitez pacifiquement l'opinion et les consciences. L'île entière peut, je dis plus, doit intervenir. Les femmes doivent presser les maris, les enfants attendrir les pères, les hommes signer des requêtes et des pétitions. Adressez-vous à vos gouvernants et à vos magistrats dans les limites de la loi. Réclamez le sursis, réclamez la commutation de peine. Vous l'obtiendrez.

Levez-vous. Hâtez-vous. Ne perdez pas un jour, ne perdez pas une heure, ne perdez pas un instant. Que ce fatal 27 janvier vous soit sans cesse présent. Que toute l'île compte les minutes comme cet homme !

Songez-y bien, depuis que cette sentence de mort est prononcée, le bruit que vous entendez maintenant dans toutes vos horloges, c'est le battement du cœur de ce misérable.

[...]

Oh ! nous sommes le dix-neuvième siècle ; nous sommes le peuple nouveau ; nous sommes le peuple pensif, sérieux, libre, intelligent, travailleur, souverain ; nous sommes le meilleur âge de l'humanité, l'époque de progrès, d'art, de science, d'amour, d'espérance, de fraternité ; échafauds ! qu'est-ce que vous nous voulez ? Ô machines monstrueuses de la mort, hideuses charpentes du néant, apparitions du passé, toi qui tiens à deux bras ton couperet triangulaire, toi qui secoues un squelette au bout d'une corde, de quel droit reparaissez-vous en plein midi, en plein soleil, en plein dix-neuvième siècle, en pleine vie ? vous êtes des spectres. Vous êtes les choses de la nuit, rentrez dans la nuit. Est-ce que les ténèbres offrent leurs services à la lumière ? Allez-vous-en. Pour civiliser l'homme, pour corriger le coupable, pour illuminer la conscience, pour faire germer le repentir dans les insomnies du crime, nous avons mieux que vous, nous avons la pensée, l'enseignement, l'éducation patiente, l'exemple religieux, la clarté en haut, l'épreuve en bas, l'austérité, le travail, la clémence. Quoi ! du milieu de tout ce qui est grand, de tout ce qui est vrai, de tout ce qui est beau, de tout ce qui est auguste, on verra obstinément surgir la peine de mort ! Quoi ! la ville souveraine, la ville centrale du genre humain, la ville du 14 juillet et du 10 août, la ville où dorment Rousseau et Voltaire, la métropole des révolutions, la cité-crèche de l'Idée, aura la Grève, la barrière Saint-Jacques, la Roquette ! Et ce ne sera pas assez de cette contradiction abominable ! et ce contre-sens sera peu ! et cette horreur ne suffira pas ! Et il faudra qu'ici aussi, dans cet archipel, parmi les falaises, les arbres et les fleurs, sous l'ombre des grandes nuées qui viennent du pôle, l'échafaud se dresse, et domine, et constate son droit, et règne ! ici ! dans le bruit des vents, dans la rumeur éternelle des flots, dans la solitude de l'abîme, dans la majesté de la nature ! Allez-vous-en, vous dis-je ! disparaissez ! Qu'est-ce que vous venez faire, toi, guillotine, au milieu de Paris, toi, gibet, en face de l'Océan ?

Peuple de pêcheurs, bons et vaillants hommes de la mer, ne laissez pas mourir cet homme. Ne jetez pas l'ombre d'une potence sur votre île charmante et bénie. N'introduisez pas dans vos héroïques et incertaines aventures de mer ce mystérieux élément de malheur. N'acceptez pas la solidarité redoutable de cet empiètement du pouvoir humain sur le pouvoir divin. Qui sait ? qui connaît ? qui a pénétré l'énigme ? Il y a des abîmes dans les actions humaines, comme il y a des gouffres dans les flots.

[...] Tous les échafauds portent des noms d'innocents et de martyrs. Non, nous ne voulons plus de supplices. Pour nous la guillotine s'appelle Lesurques, la roue s'appelle Calas, le bûcher s'appelle Jeanne d'Arc, la torture s'appelle Campanella, le billot s'appelle Thomas Morus, la ciguë s'appelle Socrate, le gibet se nomme Jésus-Christ !

Oh ! s'il y a quelque chose d'auguste dans ces enseignements de fraternité, dans ces doctrines de mansuétude et d'amour, que toutes les bouches qui crient : *Religion*, et toutes les bouches qui disent : *Démocratie*, que toutes les voix de l'ancien et du nouvel Évangile sèment et répandent aujourd'hui d'un bout du monde à l'autre, les unes au nom de l'Homme-Dieu, les autres au nom de l'Homme-Peuple, si ces doctrines sont justes, si ces idées sont vraies, si le vivant est frère du vivant, si la vie de l'homme est vénérable, si l'âme de l'homme est immortelle, si Dieu seul a le droit de retirer ce que Dieu seul a eu le pouvoir de donner, si la mère qui sent l'enfant remuer dans ses entrailles est un être béni, si le berceau est une chose sacrée, si le tombeau est une chose sainte, insulaires de Guernesey, ne tuez pas cet homme [1] ! [...]

---

1. « Aux habitants de Guernesey », *Actes et paroles II – Pendant l'exil*, dans *Œuvres complètes, Politique, op. cit.*, p. 447-454.

Victor Hugo n'entretient pas avec la peine de mort un rapport abstrait : la guillotine et le gibet – comme le montre, dans *L'homme qui rit*, la rencontre du petit Gwynplaine avec le cadavre goudronné – sont pour lui des réalités concrètes, dotées d'une forte présence visuelle. Dans *Le Dernier Jour d'un condamné*, l'image de « l'horrible échafaud » revient constamment. Ainsi, au chapitre XI : « Je viens de voir, crayonnée en blanc au coin du mur, une image épouvantable, la figure de cet échafaud qui, à l'heure qu'il est, se dresse peut-être pour moi. – La lampe a failli me tomber des mains. » Vision de la guillotine, encore, au chapitre XXVII, suscitée par son affreux nom, dont « chaque syllabe est une pièce de la machine. J'en construis et j'en démolis sans cesse dans mon esprit la monstrueuse charpente ». Et le court chapitre suivant est un souvenir : « Je l'ai pourtant rencontrée une fois »… On pourrait donner maints textes de Victor Hugo décrivant gibets, guillotines et bourreaux, tous symboles d'une justice inhumaine. Nous proposons, outre un dessin, trois extraits qui articulent souvenirs personnels, stupeur devant l'inacceptable horreur, réflexions philosophiques et – c'est là un trait propre à l'écriture hugolienne lorsqu'il s'agit d'une machine de mort – description extrêmement minutieuse de cette charpente rouge, comme si en cerner tous les rouages pouvait permettre de comprendre cette réalité inadmissible : la mise à mort d'un homme par une collectivité d'hommes.

« L'ÉCHAFAUD » DANS *LA LÉGENDE DES SIÈCLES*

Ce poème de *La Légende des siècles* est daté du 30 mars 1856. Il est possible que Victor Hugo l'ait conçu après avoir visité, en décembre 1855, la prison de Saint-Pierre-Port à Guernesey, puis la tombe et le gibet de Tapner. Le poème mêlerait alors le souvenir d'une exécution récente et un motif obsédant, la guillotine, qui remplace ici le gibet.

C'était fini. Splendide, étincelant, superbe,
Luisant sur la cité comme la faulx sur l'herbe,
Large acier dont le jour faisait une clarté,
Ayant je ne sais quoi dans sa tranquillité
De l'éblouissement du triangle mystique,
Pareil à la lueur au fond d'un temple antique,
Le fatal couperet relevé triomphait.
Il n'avait rien gardé de ce qu'il avait fait
Qu'une petite tache imperceptible et rouge.

Le bourreau s'en était retourné dans son bouge.
Et la peine de mort, remmenant ses valets,
Juges, prêtres, était rentrée en son palais,
Avec son tombereau terrible dont la roue,
Silencieuse, laisse un sillon dans la boue,
Qui se remplit de sang sitôt qu'elle a passé.
La foule disait : bien ! car l'homme est insensé,
Et ceux qui suivent tout, et dont c'est la manière,
Suivent même ce char et même cette ornière.

J'étais là. Je pensais. Le couchant empourprait
Le grave Hôtel de Ville aux luttes toujours prêt,
Entre Hier qu'il médite et Demain dont il rêve
L'échafaud achevait, resté seul sur la Grève,
Sa journée en voyant expirer le soleil.
Le crépuscule vint, aux fantômes pareil.
Et j'étais toujours là, je regardais la hache,
La nuit, la ville immense et la petite tache,
À mesure qu'au fond du firmament obscur
L'obscurité croissait comme un effrayant mur,
L'échafaud, bloc hideux de charpentes funèbres,
S'emplissait de noirceur et devenait ténèbres ;
Les horloges sonnaient, non l'heure, mais le glas ;
Et toujours, sur l'acier, quoique le coutelas
Ne fût plus qu'une forme épouvantable et sombre,
La rougeur de la tache apparaissait dans l'ombre.

Un astre, le premier qu'on aperçoit le soir,
Pendant que je songeais, montait dans le ciel noir.

Sa lumière rendait l'échafaud plus difforme.
L'astre se répétait dans le triangle énorme ;
Il y jetait ainsi qu'en un lac son reflet,
Lueur mystérieuse et sacrée ; il semblait
Que sur la hache horrible, aux meurtres coutumière,
L'astre laissait tomber sa larme de lumière.
Son rayon, comme un dard qui heurte et rebondit,
Frappait le fer d'un choc lumineux ; on eût dit
Qu'on voyait rejaillir l'étoile de la hache.
Comme un charbon tombant qui d'un feu se détache,
Il se répercutait dans ce miroir d'effroi ;
Sur la justice humaine et sur l'humaine loi
De l'éternité calme auguste éclaboussure.
– « Est-ce au ciel que ce fer a fait une blessure ?
Pensai-je. Sur qui donc frappe l'homme hagard ?
Quel est donc ton mystère, ô glaive ? » – Et mon regard
Errait, ne voyant plus rien qu'à travers un voile,
De la goutte de sang à la goutte d'étoile.

30 mars 1856[1].

EXTRAIT DES *MISÉRABLES* : L'ÉVÊQUE FACE À LA GUILLOTINE

C'est une autre approche de la guillotine que propose Hugo dans *Les Misérables* (1862). Sans doute peut-on lire, à travers l'expérience de monseigneur Myriel, le bon évêque, les sentiments de Victor Hugo face à cette machine de mort. Remarquons aussi, dans cet extrait, la présence réconfortante de la foi, bien différente de la rhétorique toute faite et déshumanisée de l'aumônier du *Dernier Jour d'un condamné*…

Il arriva à Digne une aventure tragique. Un homme fut condamné à mort pour meurtre. C'était un malheureux pas tout à fait lettré, pas tout à fait ignorant, qui avait été bateleur dans les foires et écrivain public. Le procès occupa beaucoup la ville. La veille du jour fixé pour l'exécution du condamné, l'aumônier de la prison tomba malade. Il fallait un prêtre pour assister le patient à ses derniers moments, On alla chercher le curé. Il paraît qu'il refusa en

1. « L'échafaud », *La Légende des siècles*, Série complémentaire, dans *Œuvres complètes*, *Poésie III*, Robert Laffont, « Bouquins », 1985 (rééd. 2002), p. 585.

disant : Cela ne me regarde pas. Je n'ai que faire de cette corvée et de ce saltimbanque ; moi aussi, je suis malade ; d'ailleurs ce n'est pas là ma place. On rapporta cette réponse à l'évêque qui dit : – Monsieur le curé a raison. Ce n'est pas sa place, c'est la mienne.

Il alla sur-le-champ à la prison, il descendit au cabanon du « saltimbanque », il l'appela par son nom, lui prit la main et lui parla. Il passa toute la journée et toute la nuit près de lui, oubliant la nourriture et le sommeil, priant Dieu pour l'âme du condamné et priant le condamné pour la sienne propre. Il lui dit les meilleures vérités qui sont les plus simples. Il fut père, frère, ami ; évêque pour bénir seulement. Il lui enseigna tout, en le rassurant et en le consolant. Cet homme allait mourir désespéré. La mort était pour lui comme un abîme. Debout et frémissant sur ce seuil lugubre, il reculait avec horreur. Il n'était pas assez ignorant pour être absolument indifférent. Sa condamnation, secousse profonde, avait en quelque sorte rompu çà et là autour de lui cette cloison qui nous sépare du mystère des choses et que nous appelons la vie. Il regardait sans cesse au-dehors de ce monde par ces brèches fatales, et ne voyait que des ténèbres. L'évêque lui fit voir une clarté.

Le lendemain, quand on vint chercher le malheureux, l'évêque était là. Il le suivit. Il se montra aux yeux de la foule en camail violet et avec sa croix épiscopale au cou, côte à côte avec ce misérable lié de cordes.

Il monta sur la charrette avec lui, il monta sur l'échafaud avec lui. Le patient, si morne et si accablé la veille, était rayonnant. Il sentait qui son âme était réconciliée et il espérait Dieu. L'évêque l'embrassa, et, au moment où le couteau allait tomber, il lui dit : « – Celui que l'homme tue, Dieu le ressuscite ; celui que les frères chassent retrouve le Père. Priez, croyez, entrez dans la vie, le Père est là. » Quand il redescendit de l'échafaud, il avait quelque chose dans son regard qui fit ranger le peuple. On ne savait ce qui était le plus admirable de sa pâleur ou de sa sérénité. En rentrant à cet humble logis qu'il appelait en souriant son palais, il dit à sa sœur : Je viens d'officier pontificalement.

Comme les choses les plus sublimes sont souvent aussi les choses les moins comprises, il y eut dans la ville des gens qui dirent, en commentant cette conduite de l'évêque : C'est de l'affectation. Ceci ne fut du reste qu'un propos de salons. Le peuple, qui n'entend pas malice aux actions saintes, fut attendri et admira.

Quant à l'évêque, avoir vu la guillotine fut pour lui un choc, et il fut longtemps à s'en remettre.

L'échafaud, en effet, quand il est là, dressé et debout, a quelque chose qui hallucine. On peut avoir une certaine indifférence sur la peine de mort, ne point se prononcer, dire oui et non, tant qu'on n'a pas vu de ses yeux une guillotine ; mais si l'on en rencontre une, la secousse est violente, il faut se décider et prendre parti pour ou contre. Les uns admirent, comme de Maistre, les autres exècrent, comme Beccaria. La guillotine est la concrétion de la loi ; elle se nomme *vindicte* ; elle n'est pas neutre, et ne vous permet pas de rester neutre. Qui l'aperçoit frissonne du plus mystérieux des frissons. Toutes les questions sociales dressent autour de ce couperet leur point d'interrogation. L'échafaud est Vision. L'échafaud n'est pas une charpente, l'échafaud n'est pas une machine, l'échafaud n'est pas une mécanique inerte faite de bois, de fer et de cordes. Il semble que ce soit une sorte d'être qui a je ne sais quelle sombre initiative, on dirait que cette charpente voit, que cette machine entend, que cette mécanique comprend, que ce bois, ce fer et ces cordes veulent. Dans la rêverie affreuse où sa présence jette l'âme, l'échafaud apparaît terrible et se mêlant de ce qu'il fait. L'échafaud est le complice du bourreau ; il dévore ; il mange de la chair, il boit du sang. L'échafaud est une sorte de monstre fabriqué par le juge et par le charpentier, un spectre qui semble vivre d'une espèce de vie épouvantable faite de toute la mort qu'il a donnée.

Aussi l'impression fut-elle horrible et profonde ; le lendemain de l'exécution et beaucoup de jours encore après, l'évêque parut accablé. La sérénité presque violente du moment funèbre avait disparu : le fantôme de la justice sociale l'obsédait. Lui qui d'ordinaire revenait de toutes ses actions avec une satisfaction si rayonnante, il semblait qu'il se fît un reproche. Par moments, il se parlait à lui-même, et bégayait à demi-voix des monologues lugubres. En voici un que sa sœur entendit un soir et recueillit :
– Je ne croyais pas que cela fût si monstrueux. C'est un tort de s'absorber dans la loi divine au point de ne plus s'apercevoir de la loi humaine. La mort n'appartient qu'à Dieu. De quel droit les hommes touchent-ils à cette chose inconnue ?

Avec le temps ces impressions s'atténuèrent, et probablement s'effacèrent. Cependant on remarqua que l'évêque désormais évitait de passer sur la place des exécutions[1].

---

1. *Les Misérables*, Première partie, I, 1, IV, GF-Flammarion, 1967, p. 41.

EXTRAIT DE *QUATREVINGT-TREIZE* :
LE SYMBOLE DE LA VIOLENCE RÉVOLUTIONNAIRE

Quatrevingt-Treize (1874) s'achève par l'exécution de son héros, Gauvain ; juste avant cette dernière scène, Hugo consacre plusieurs pages à la guillotine, élevée au rang de symbole, et support d'une vaste réflexion sur la violence dans l'Histoire. Incarnant la violence révolutionnaire, elle est opposée à la Tourgue, tour qui symbolise des siècles d'oppression monarchique.

Cependant le soleil se lève

Le jour ne tarda pas à poindre à l'horizon.

En même temps que le jour, une chose étrange, immobile, surprenante, et que les oiseaux du ciel ne connaissaient pas, apparut sur le plateau de la Tourgue au-dessus de la forêt de Fougères.

Cela avait été mis là dans la nuit. C'était dressé, plutôt que bâti. De loin sur l'horizon c'était une silhouette faite de lignes droites et dures ayant l'aspect d'une lettre hébraïque ou d'un de ces hiéroglyphes d'Égypte qui faisaient partie de l'alphabet de l'antique énigme.

Au premier abord, l'idée que cette chose éveillait était l'idée de l'inutile. Elle était là parmi les bruyères en fleur. On se demandait à quoi cela pouvait servir. Puis on sentait venir un frisson. C'était une sorte de tréteau ayant pour pieds quatre poteaux. À un bout du tréteau, deux hautes solives, debout et droites, reliées à leur sommet par une traverse, élevaient et tenaient suspendu un triangle qui semblait noir sur l'azur du matin. À l'autre bout du tréteau, il y avait une échelle. Entre les deux solives, en bas, au-dessous du triangle, on distinguait une sorte de panneau composé de deux sections mobiles qui, en s'ajustant l'une à l'autre, offraient au regard un trou rond à peu près de la dimension du cou d'un homme. La section supérieure du panneau glissait dans une rainure, de façon à pouvoir se hausser ou s'abaisser. Pour l'instant, les deux croissants qui en se rejoignant formaient le collier étaient écartés. On apercevait au pied des deux piliers portant le triangle une planche pouvant tourner sur charnière et ayant l'aspect d'une bascule. À côté de cette planche il y avait un panier long, et entre les deux piliers, en avant, et à l'extrémité du tréteau, un panier carré. C'était peint en rouge. Tout était en bois, excepté le triangle qui était en fer. On sentait que cela avait été construit par des hommes, tant c'était laid, mesquin et petit ; et cela aurait mérité d'être apporté là par des génies, tant c'était formidable.

Cette bâtisse difforme, c'était la guillotine.

En face, à quelques pas, dans le ravin, il y avait un autre monstre, la Tourgue. Un monstre de pierre faisant pendant au monstre de bois. Et, disons-le, quand l'homme a touché au bois et à la pierre, le bois et la pierre ne sont plus ni bois ni pierre, et prennent quelque chose de l'homme. Un édifice est un dogme, une machine est une idée.

La Tourgue était cette résultante fatale du passé qui s'appelait la Bastille à Paris, la Tour de Londres en Angleterre, le Spielberg en Allemagne, l'Escurial en Espagne, le Kremlin à Moscou, le château Saint-Ange à Rome.

Dans la Tourgue étaient condensés quinze cents ans, le Moyen Âge, le vasselage, la glèbe, la féodalité ; dans la guillotine une année, 93 ; et ces douze mois faisaient contrepoids à ces quinze siècles.

La Tourgue, c'était la monarchie ; la guillotine, c'était la révolution.

Confrontation tragique.

D'un côté, la dette ; de l'autre, l'échéance. D'un côté, l'inextricable complication gothique, le serf, le seigneur, l'esclave, le maître, la roture, la noblesse, le code multiple ramifié en coutumes, le juge et le prêtre coalisés, les ligatures innombrables, le fisc, les gabelles, la mainmorte, les capitations, les exceptions, les prérogatives, les préjugés, les fanatismes, le privilège royal de banqueroute, le sceptre, le trône, le bon plaisir, le droit divin ; de l'autre, cette chose simple, un couperet.

D'un côté, le nœud ; de l'autre, la hache.

La Tourgue avait été longtemps seule dans ce désert. Elle était là avec ses mâchicoulis d'où avaient ruisselé l'huile bouillante, la poix enflammée et le plomb fondu, avec ses oubliettes pavées d'ossements, avec sa chambre aux écartèlements, avec la tragédie énorme dont elle était remplie ; elle avait dominé de sa figure funeste cette forêt, elle avait eu dans cette ombre quinze siècles de tranquillité farouche, elle avait été dans ce pays l'unique puissance, l'unique respect et l'unique effroi ; elle avait régné ; elle avait été, sans partage, la barbarie ; et tout à coup elle voyait se dresser devant elle et contre elle, quelque chose, – plus que quelque chose, quelqu'un d'aussi horrible qu'elle, la guillotine.

La pierre semble quelquefois avoir des yeux étranges. Une statue observe, une tour guette, une façade d'édifice contemple. La Tourgue avait l'air d'examiner la guillotine.

Elle avait l'air de s'interroger.

Qu'était-ce que cela ?

Il semblait que cela était sorti de terre.

Et cela en était sorti en effet.

Dans la terre fatale avait germé l'arbre sinistre. De cette terre, arrosée de tant de sueurs, de tant de larmes, de tant de sang, de cette terre où avaient été creusées tant de fosses, tant de tombes, tant de cavernes, tant d'embûches, de cette terre où avaient pourri toutes les espèces de morts faits par toutes les espèces de tyrannies, de cette terre superposée à tant d'abîmes, et où avaient été enfouis tant de forfaits, semences affreuses, de cette terre profonde, était sortie, au jour marqué, cette inconnue, cette vengeresse, cette féroce machine porte-glaive, et 93 avait dit au vieux monde :

– Me voilà.

Et la guillotine avait le droit de dire au donjon :

– Je suis ta fille.

Et en même temps le donjon, car ces choses fatales vivent d'une vie obscure, se sentait tué par elle.

La Tourgue, devant la redoutable apparition, avait on ne sait quoi d'effaré. On eût dit qu'elle avait peur. La monstrueuse masse de granit était majestueuse et infâme, cette planche avec son triangle était pire. La toute-puissance déchue avait l'horreur de la toute-puissance nouvelle. L'histoire criminelle considérait l'histoire justicière. La violence d'autrefois se comparait à la violence d'à présent ; l'antique forteresse, l'antique prison, l'antique seigneurie, où avaient hurlé les patients démembrés, la construction de guerre et de meurtre, hors de service et hors de combat, violée, démantelée, découronnée, tas de pierres valant un tas de cendres, hideuse, magnifique et morte, toute pleine du vertige des siècles effrayants, regardait passer la terrible heure vivante[1].

PORTRAIT D'UN BOURREAU

Pour Victor Hugo, la peine de mort est le crime de la société entière, résumée dans une cour de justice ; mais elle est incarnée par un homme, figure obsédante de l'œuvre hugolienne – cet homme-énigme qu'est le bourreau. En 1873, Hugo compose une série de croquis qu'il désigne comme « le poème de la sorcière ». Neuf ans avant la publication de *Torquemada* (1882) – le grand drame de l'Inquisition –, ces dessins donnent à voir les juges et les tortionnaires d'une jeune

1. *Quatrevingt-Treize*, III, 7, IV, dans *Œuvres complètes, Roman III*, Robert Laffont, « Bouquins », 1985 (rééd. 2002), p. 1060-1061.

femme accusée de sorcellerie. Dans cette galerie d'effrayants personnages, on trouve un bourreau. Ce portrait, l'un des plus inquiétants réalisés par Hugo, montre que cette figure n'a jamais cessé de le hanter.

Victor Hugo, *Le Bourreau*
(1873)

CHRONOLOGIE

1764. Publication du traité *Des délits et des peines* de Beccaria. Ce texte a un retentissement considérable et marque la naissance du courant abolitionniste. Hugo le lira, et le citera à plusieurs reprises.

1789. Le docteur Guillotin invente une mécanique destinée à remplacer le gibet et à donner aux condamnés une mort instantanée, donc plus « douce ».

1791. Mai-juin : À l'Assemblée constituante, premier grand débat sur la peine de mort, qui n'aboutit, le 1er juin 1791, qu'à la suppression des supplices. Le Code pénal uniformise les peines : « Tout condamné à mort aura la tête tranchée. »

1792. 25 avril : Première exécution à la guillotine.

1795. 26 octobre : La loi du 4 brumaire an IV supprime la peine de mort « à compter de la publication de la paix générale » ; mais le 12 février 1810, le Code pénal impérial abandonnera cette abolition conditionnelle et rétablira en droit la peine capitale.

1802. 26 février : Naissance à Besançon de Victor Marie Hugo, troisième fils du capitaine Léopold Hugo et de Sophie Trébuchet.

1808. Première rencontre de Victor Hugo avec la peine de mort, lors d'un voyage en Italie avec sa mère et ses deux frères.

1812. Pour les parricides, le Code prévoit, en plus de la peine de mort, le tranchage du poing droit.

1818 ou 1819. Hugo assiste au supplice d'une femme, domestique condamnée pour vol, devant le Palais de justice à Paris ; elle est marquée au fer rouge.

1820. 7 juin : Exécution de Louvel, assassin de l'héritier du trône, le duc de Berry. Victor Hugo voit passer le convoi : cette rencontre lui aurait donné, pour la première fois, l'idée d'écrire un livre sur la guillotine.

1822. Publication de *De la peine de mort en matière politique* de Guizot.

Mariage de Victor Hugo et Adèle Foucher.

Exécution des quatre sergents de La Rochelle, épisode évoqué dans *Le Dernier Jour d'un condamné* (chapitre XI).

1823. Publication de *Han d'Islande* (dont le chapitre XLVIII raconte les préparatifs d'une exécution).

1824. Naissance de Léopoldine, fille de Victor et Adèle Hugo.

1825. 20 avril : Rétablissement de la peine de mort pour les auteurs de sacrilèges.

1826. Naissance de Charles, premier fils du couple Hugo.

Visite de Victor Hugo à la Conciergerie, en compagnie de Rossini, Meyerbeer et David d'Angers.

1827. Publication de *Cromwell* et de sa célèbre Préface. Hugo devient le chef de file du mouvement romantique.

10 septembre : Exécution de Louis Ulbach, vingt ans, pour le meurtre de sa compagne. Hugo assista probablement aux préparatifs de son exécution.

24 octobre : Victor Hugo et David d'Angers assistent au ferrement des forçats à Bicêtre.

1828. Naissance de François-Victor, second fils de Victor Hugo.

3 janvier : *Le Globe* publie un texte emprunté à un journal américain, *Dernières sensations d'un homme condamné à mort*, dont Hugo s'inspira peut-être pour *Le Dernier Jour d'un condamné*.

4 octobre : Des extraits du rapport de Vivien au « Comité des prisons », association de bienfaisance, sur l'état déplorable des prisons de la Force et de Bicêtre, paraissent dans *La Gazette des tribunaux*.

14 octobre : Hugo commence la rédaction du *Dernier Jour d'un condamné*.

22 et 23 novembre : Hugo et David d'Angers assistent une nouvelle fois au ferrement des forçats à Bicêtre, ainsi qu'au départ de « la chaîne » (voir *Le Dernier Jour d'un condamné*, chapitres XIII et XIV).

5 décembre : Hugo reprend la rédaction du *Dernier Jour d'un condamné* (chapitre VI).

25 décembre : Hugo achève la rédaction du *Dernier Jour d'un condamné*, à « 3 heures du matin ».

1829. Janvier : Ajout sur les épreuves du chapitre XL du *Dernier Jour d'un condamné*.

3 février : Publication du *Dernier Jour d'un condamné* chez Gosselin et Bossange (1re et 2e éditions).

28 février : Publication du deuxième tirage du *Dernier Jour* (3e et 4e éditions). Ces deux éditions sont précédées d'*Une comédie à propos d'une tragédie*.

1830. Naissance d'Adèle, quatrième enfant du couple Hugo.

25 février : Première d'*Hernani* à la Comédie-Française.

1832. La guillotine est transférée de la place de Grève à la barrière Saint-Jacques ; la guillotine se cache, écrit Hugo dans la préface du *Dernier Jour d'un condamné*.

Mars : Parution de la 5e édition du *Dernier Jour d'un condamné*, précédé d'*Une comédie à propos d'une tragédie* et de la Préface.

16 mars : Début du procès de Claude Gueux, pour le meurtre du gardien-chef de la prison de Clairvaux, Delacelle. Claude Gueux y purgeait une peine de huit ans de réclusion. Il sera exécuté le 1er juin à Troyes.

Avril : Une grande réforme pénale abolit les dernières tortures : le carcan, la marque, et le tranchage du poing pour les parricides.

1834. Publication de *Claude Gueux*.

1836. Victor Hugo visite la prison du Mont-Saint-Michel.

1839. 1er et 13 juillet : Hugo intervient auprès de Louis-Philippe pour obtenir la grâce de Barbès, principal instigateur de l'insurrection de la « société des quatre saisons » en mai 1839, et condamné à mort. Sa peine est commuée par le roi le 14 juillet. La même année, Hugo visite le bagne de Toulon.

1841. Hugo est élu à l'Académie française.

1845. Avril : Il est fait pair de France par Louis-Philippe.

17 novembre : Il entame la rédaction d'un roman qui sera *Les Misérables*.

1846. Juin : À la Chambre des pairs, Hugo et deux autres pairs (sur 232) votent la détention perpétuelle pour Lecomte, auteur d'un attentat contre la famille royale. Tous les autres votent la peine de mort.

Août : Hugo intervient, à la Chambre des pairs, dans le procès de Joseph Henri, jugé pour attentat contre Louis-Philippe. Échappant à la peine de mort, Lecomte est condamné aux travaux forcés à perpétuité.

Septembre : Hugo visite la Conciergerie.

1847. 5 avril : Hugo visite le quartier des condamnés à mort à la prison de la Roquette.

Mai 1847-janvier 1848. Rédaction d'un projet de discours pour la discussion de la loi sur les prisons à la Chambre des pairs. La révolution de février ne lui laissera pas le temps de le prononcer.

1848. 26 février : Le gouvernement provisoire décrète l'abolition de la peine de mort en matière politique.

4 juin : Victor Hugo est élu à l'Assemblée nationale constituante.

15 septembre : À l'Assemblée, Hugo soutient un amendement demandant l'abolition complète de la peine de mort. Cet amendement sera repoussé.

1849. 15 mai : Hugo est élu à l'Assemblée législative.

1850. 5 avril : À l'Assemblée, Hugo combat une loi créant une peine de déportation, et qui est en réalité une manœuvre de la majorité conservatrice pour restaurer une forme de peine de mort en matière politique : la « guillotine sèche ».

1851. 11 juin : Procès de Charles Hugo, inculpé d'atteinte au respect dû aux lois à cause d'un article dans *L'Événement* relatant les circonstances atroces de l'exécution d'un braconnier meurtrier d'un garde-chasse. Hugo plaide pour son fils, et renouvelle sa dénonciation de la peine de mort. Charles sera condamné à six mois de prison ferme.

2 décembre : Coup d'État de Louis-Napoléon Bonaparte. Hugo, après avoir tenté d'organiser une résistance, sera contraint de fuir en Belgique ; ce sera ensuite un long exil de dix-neuf ans dans les îles de Jersey, puis de Guernesey.

1853. 10 juin : Une loi rétablit la peine de mort pour l'attentat contre la personne de l'empereur et contre la vie des membres de la famille impériale

1854. 10 janvier : Hugo publie « Aux habitants de Guernesey », où il réclame la grâce de l'assassin Tapner. Après un sursis, et à cause d'une intervention de lord Palmerston, Tapner est exécuté le 10 février.

11 février : Hugo écrit la « Lettre à lord Palmerston ».

1859. 2 décembre : Hugo publie « Aux États-Unis d'Amérique », texte dans lequel il demande la grâce de John Brown, héros de la lutte contre l'esclavage, condamné à mort après un soulèvement d'esclaves. John Brown sera exécuté.

1862. 21 janvier : Hugo publie une lettre pour demander la grâce de neuf condamnés à mort de Charleroi ; sept d'entre eux seront graciés.

30 mars : Publication des *Misérables*.

17 novembre : Hugo adresse au pasteur Bost une lettre de soutien au référendum organisé par les républicains de Genève contre la peine de mort. Le peuple se déclarera favorable à l'abolition.

1866. 8 août : Hugo publie un court article en faveur de Bradley, condamné à mort à Jersey.

1867. 28 mai : Protestation publique de Hugo en faveur des feniens, militaires irlandais condamnés à mort. Ils ne seront pas exécutés.

21 juin : Par une lettre publique à Juarez, Hugo demande la grâce de l'empereur du Mexique, Maximilien ; mais la lettre paraît trop tard, l'exécution ayant eu lieu le 19 juin.

Juin : Abolition de la peine de mort au Portugal. Les militants remercient Hugo pour ses textes contre cette peine.

1869. Publication de *L'homme qui rit*.

1870. 5 septembre : Après la défaite de la France face à la Prusse, Hugo rentre à Paris. C'est la fin de dix-neuf années d'exil.

1871. 8 février : Hugo est élu député de la Seine à l'Assemblée de Bordeaux. Il démissionnera le 8 mars.

1872. 3 janvier : Louis Blanc, Edgar Quinet et Victor Schoelcher présentent à l'Assemblée nationale une proposition ayant pour objet l'abolition de la peine de mort ; cette proposition reste enterrée dans les bureaux.

1874. Publication de *Quatrevingt-Treize*.

1875. Février : Hugo écrit le texte « Pour un soldat », visant à sauver la vie d'un soldat condamné à mort pour « insulte grave envers son supérieur ».

Publication des *Actes et paroles – Avant l'exil* et *Pendant l'exil*.

1876. 30 janvier : Hugo est nommé sénateur de la Seine.

7 février : Hugo demande à Mac-Mahon d'annuler le départ pour la Nouvelle-Calédonie d'un convoi de communards.

22 mai : Hugo prononce au Sénat son premier discours pour l'amnistie des communards ; seuls dix sénateurs soutiennent la proposition de loi d'amnistie.

Publication d'*Actes et Paroles – Depuis l'exil*.

1879. 28 février : Deuxième discours pour l'amnistie au Sénat. Une amnistie partielle sera votée le 4 mars.

1880. 3 juillet : Troisième discours pour l'amnistie au Sénat ; l'amnistie complète est adoptée le 11 juillet.

1882. 8 mars : *Le Rappel* publie une lettre de Victor Hugo contre dix condamnations à mort, en Russie, suite à l'attentat qui mit fin au règne d'Alexandre II.

15 et 20 décembre : Hugo demande la grâce pour Oberdank, terroriste qui sera exécuté à Trieste.

1885. 22 mai : Mort de Victor Hugo. Il sera inhumé au Panthéon, avec des funérailles nationales, le 1er juin.

1939. Le gouvernement met fin à la publicité des exécutions.

1977. 10 septembre : Condamné à mort pour assassinat, tortures et viol, Hamida Djandoubi est guillotiné à la prison des Baumettes à Marseille. Ce sera la dernière exécution en France.

1981. Août : Après l'élection de François Mitterrand à la présidence de la République, un projet de loi portant sur l'abolition de la peine de mort est débattu à l'Assemblée nationale (l'abolition figurait parmi les « cent dix propositions » de la gauche pour l'élection présidentielle). Son défenseur est Robert Badinter, garde des Sceaux. L'abolition complète de la peine de mort est votée le 9 octobre 1981.

BIBLIOGRAPHIE

ÉDITIONS DE RÉFÉRENCE
DU *DERNIER JOUR D'UN CONDAMNÉ*

Victor Hugo, *Œuvres complètes*, édition chronologique sous la direction de Jean Massin, Le Club français du livre, 1967, t. III.
Victor Hugo, *Œuvres complètes, Roman I*, sous la direction de Jacques Seebacher et Guy Rosa, Robert Laffont, « Bouquins », 1985 (rééd. 2002).

LA PEINE DE MORT DANS LES ŒUVRES DE VICTOR HUGO

On se reportera aux *Œuvres complètes*, sous la direction de Jacques Seebacher et Guy Rosa, Robert Laffont, « Bouquins », 1985 (rééd. 2002) :
    Actes et paroles, dans *Œuvres complètes, Politique*.
    Choses vues, dans *Œuvres complètes, Histoire*.
    Han d'Islande et *Claude Gueux*, dans *Roman I*.
    Les Misérables, dans *Roman II*.
    L'homme qui rit et *Quatrevingt-Treize*, dans *Roman III*.
    La Légende des siècles (« L'échafaud ») et *Les Quatre Vents de l'esprit* (« L'échafaud »), dans *Poésie III*.

OUVRAGES SUR VICTOR HUGO, SA VIE ET SON ŒUVRE

ALBOUY Pierre, *La Création mythologique chez Victor Hugo*, José Corti, 1963.
GUILLEMIN Henri, *Victor Hugo par lui-même*, Seuil, « Écrivains de toujours », 1978.

Hovasse Jean-Marc, *Victor Hugo*, vol. 1 : *Avant l'exil*, Fayard, 2001.

Hugo Adèle, *Victor Hugo raconté par Adèle Hugo*, éd. Anne Ubersfeld et Guy Rosa, Plon, « Les Mémorables », 1985.

Ubersfeld Anne, *Paroles de Hugo*, Messidor-Éditions sociales, 1985.

Études sur Victor Hugo romancier

Brombert Victor, *Victor Hugo et le roman visionnaire*, PUF, « Écrivains », 1985.

Butor Michel, « Victor Hugo romancier », dans *Répertoire II*, Éditions de Minuit, 1964, p. 215-242.

Meschonnic Henri, « Vers le roman-poème. Les romans de Hugo avant *Les Misérables* », dans Victor Hugo, *Œuvres complètes*, Le Club français du livre, t. III. Repris dans Henri Meschonnic, *Pour la poétique IV*, t. II : *Écrire Hugo*, Gallimard, 1977, p. 56-72.

Piroue Georges, *Victor Hugo romancier ou les Dessus de l'inconnu*, Denoël, 1964.

Roman Myriam, *Victor Hugo ou le Roman philosophique. Du « drame dans les faits » au « drame dans les idées »*, Honoré Champion, « Romantisme et modernités », 1999.

Ouvrages sur Victor Hugo et la peine de mort

Brombert Victor, « Victor Hugo : prison de la pensée, prison de l'espace », dans *La Prison romantique. Essai sur l'imaginaire*, José Corti, 1975, p. 3-125.

Gohin Yves, « Les réalités du crime et de la justice pour Hugo avant 1829 », dans Victor Hugo, *Œuvres complètes*, Le Club français du livre, t. III, p. I-XXIV.

Jean Raymond, *Victor Hugo. Écrits sur la peine de mort*, Actes Sud, 1979 (rééd. 2002).

Picon Jérôme et Violante Isabel, *Victor Hugo contre la peine de mort, ce crime public*, Textuel, 2002.

Savey-Casard Paul, *Le Crime et la peine dans l'œuvre de Victor Hugo*, PUF, 1956.

Études sur *Le Dernier Jour d'un condamné*

Laforgue Pierre, « La sorbonne et la tronche. Poétique et politique du sujet décapité dans *Le Dernier jour d'un condamné* », dans Pierre Laforgue, *Hugo. Romantisme et révolution*, Besançon,

Presses universitaires franc-comtoises, « Littéraires », 2001, p. 33-46.

LE MARINEL Jacques, « La tragédie du langage dans *Le Dernier jour d'un condamné* », *L'École des lettres*, n° 85, 13 juillet 1994, p. 63-79.

MALAVIÉ Jean, « À propos du *Dernier Jour d'un condamné* : Nodier ou Nisard, critique de Victor Hugo », *Revue d'histoire littéraire de la France*, mai-juin 1983, p. 446-450.

MASSIN Jean, Présentation du *Dernier Jour d'un condamné* et de la préface de 1832, dans Victor Hugo, *Œuvres complètes*, Le Club français du livre, t. IV, 1967-1970, p. 607-637 et 473-477.

MIGOZZI Jacques, « L'engagement d'une écriture : stratégies énonciatives du *Dernier Jour d'un condamné* à *Claude Gueux* », dans Antoine Court et Roger Bellet (éds), *G comme Hugo*, Centre interdisciplinaires d'études et de recherches sur l'expression contemporaine, Université de Saint-Étienne, Travaux LV, 1987, p. 83-93.

PARENT Yvette, « L'argot du *Dernier Jour d'un condamné* », communication présentée au Groupe Hugo, séance du 8 février 2003 à consulter sur le site groupugo.div.jussieu.fr.

ROMAN Myriam, *« Le Dernier Jour d'un condamné » de Victor Hugo*, Gallimard, « Foliothèque », 2000.

ROSA Guy, Commentaires du *Dernier Jour d'un condamné*, LGF, Le Livre de Poche, 1989, p. 247-281.

ROUSSET, Jean, « *Le Dernier Jour d'un condamné* ou l'invention d'un genre littéraire », dans *Hugo dans les marges*, ouvrage collectif sous la direction de Lucien Dällenbach et Laurent Jenny, Genève, Éditions Zoé, 1985, p. 35-50.

SEEBACHER Jacques, « Sur la datation du *Dernier Jour d'un condamné* de Victor Hugo », *Revue d'histoire littéraire de la France*, janvier-février 1982, p. 90-94.

–, Présentation du *Dernier Jour d'un condamné*, dans Victor Hugo, *Œuvres complètes*, *Roman I*, Robert Laffont, « Bouquins », 1985 (rééd. 2002), p. 1-4.

UBERSFELD Anne, « Le rêve du *Dernier jour d'un condamné* », communication présentée au Groupe Hugo, séance du 16 novembre 2002 à consulter sur le site groupugo.div.jussieu. fr.

VALLOIS Marie-Claire, « Écrire ou décrire : l'impossible histoire du "sujet" dans *Le Dernier Jour d'un condamné* de Victor Hugo », *Romantisme*, n° 48, 2ᵉ trimestre 1985, p. 91-104.

TABLE

GF Flammarion

07/01/126668-I-2007 – Impr. MAURY Eurolivres, 45300 Manchecourt.
N° d'édition LO1EHPN00010N001. – Janvier 2007. – Printed in France.